キーウの遠い空

戦争の中のウクライナ人

オリガ・ホメンコ

Далеке небо Києва.
Українці у війні.

Ольга Хоменко

中央公論新社

はじめに

十歳頃のこと。美術学校に通っていた私は、美術史の先生に日本の墨絵と版画を見せてもらい、強く印象に残ったことを今でも覚えている。ヨーロッパ美術と違って不思議な世界だと思った。その世界を作りだした国へいつか行ってみたいと思った。だが私が住んでいるのは「鉄のカーテン」を隔てたソ連のなかのウクライナだったので、日本に行くなどというのはかなわぬ夢にすぎないとわかっていた。

私の父は出版社に勤め、母はウクライナ語の国語の教師だったので、私は本に囲まれて育った。それで日本文学が何か翻訳されていないかと調べたら、まずはウクライナ語で出ていた日本の昔話に出会った。またそれも不思議な世界で、とても驚かされた。ウクライナの昔話は善人と悪人がはっきりしていて、最後は悪人が必ず負けるが、日本の物語は必ずしもそうではなかった。また悪人的な存在だからといって全てが悪として描かれていなかったこともあって不思議に思った。

だがその当時、日本人はもちろん、外国人を見たことがなかった私にとって、遠い日本は全く夢の世界だった。日本のことを学ぼうと思っても越えることのできない壁があった。

旧ソ連では日本語を学ぶのはほぼ男性にしか許されておらず、加えて、ごく少人数のクラスで勉強できたのはほとんど共産党関係の指導者の子どもたちに限られていた。軍隊や公安など日本語を生かせる特定の仕事には、女性はあまり受け入れられなかった。例外を認められた女性はまた特殊な人たちだった。「鉄のカーテン」に隔てられた国だったので、共産党は自分たちの周りには敵しかいないと思い込んでいた。それで外国語を学ばせるのは、ソ連という国に有利になる目的だけだった。つまり、スパイ活動のような情報収集のためと、ロシア語を中心とするソ連の文化を外国に普及させるためだった。

私のように日頃ウクライナ語を話し、両親がウクライナの文化を支える、いわゆるインテリ家庭出身の子どもは、外国の文化に興味がある人であっても、特殊な外国語である日本語を学ぶのは手が届かない夢だった。なぜなら、共産党関係者でもないし、メインストリームのロシア文化の礼賛者でもなかったから。小学校のときからウクライナ語学校――ロシア語教育の学校の数と比べると五パーセントほどしかなかった――にも通っていて、家庭話語はウクライナ語、もちろん外ではロシア語で話すバイリンガルだった。

だが文章を書くことが好きで、ジャーナリストか作家になろうと考えた私は、もう少し広い範囲の基礎教育を受けたいと思ってキーウ国立大学の文学部に入学した。その当時、ウクライナ語学科はそれほど人気がなかった。学生は二クラスで四〇人しかいなかった。当時のキーウ大学は、外国に行ける数少ない専門知識を得られるところで、偉い人の子どもたちしか入学できなかった、外国語としてのロシア語学科があった。一方、ウクライナ語学科の私たちはほぼ同じ家庭環境出身だった。友人たちの両親は作家、舞台脚本家、学校教師、当時のソ連では表舞台よりも非公認の文化に近い人たちだった。ソ連の政策で田舎言葉と思わされていたウクライナ語学科。しかし私が入学した年（一九八九年）に逆転して国語法が定められ、ウクライナ語の役割が法律的に認められた（国家語となった）。そして二年生を終えた頃（一九九一年八月二十四日）にウクライナはやっと独立できた。

ウクライナが独立してからウクライナ語の人気と必要性が高まり、その次の年からウクライナ語学科には毎年一〇〇人くらいの学生が入学するようになった。そして文学部には東洋学科ができて、専門のウクライナ語だけでなくいろいろな東洋の言葉を自由に学ぶことができた。中国語、日本語、アラビア語、ヘブライ語、韓国語などなど。私はそれを知ったときに、子どもの頃、先生に見せてもらった日本の美術作品を思い出して迷わず「日本語だ！」と思った。だがウクライナ人にとって日本語は難関で、勉強しはじめたときに六〇人くらいいた同級生が、卒業するときは二人しか残っていなかった。

最初の頃は友人や親戚（しんせき）に結構笑われた。「これ（漢字のこと）は絵みたいな文字だから、勉強は難しい。時間を無駄使いしないでさっさとやめたほうがいいよ。英語やドイツ語を学べば早くできるよ」と言われた。だが私はそんな忠告を聞かず、必死でA4の紙に漢字を書いて家中に貼り付けた。両親も微笑みながら不思議がっていた。そして一九九二年――ちょうどこの本を書きはじめた二〇二二年は三〇周年ということになる――にウクライナと日本との間に外交関係が結ばれ、キーウに日本大使館ができて留学への道が開かれた。

ジャーナリストを目指していた私は、大学二年生のときから新聞社でバイトを始めた。また四年生になると（ウクライナの大学は五年制だった）、ウクライナで一番大きな、そして創設されたばかりの通信社UNIANの政治部で記者として一年ほど働いていた。そのときに一瞬、日本の勉強をやめてウクライナでジャーナリズムの道に進もうかという迷いもあったが、やはり日本への留学を優先した。結果的にそれがよかったと思う。

最初に交換留学で行った京都の龍谷大学は仏教系の大学で、いろいろ発見があった。テニスクラブの仲間には仏教のお寺の息子がいたが、ウクライナでは信じられないことだった。なぜなら正教会の聖職者の子どもだったら毎日決められた生活を送っていてテニスをするなんてありえないから。

金曜午後の日本語クラスの先生は優しいおじいちゃんで、宿題がよくできているとまだ温かいたい焼きをくれた。今でもたい焼きを食べると先生の優しさを思い出す。独立当初のウクライナは高インフレで貯金も目減りして経済的にいろいろ苦しい状況だったので、先生の温かさが忘れられない。

毎日五時間くらい日本語を勉強して疲れると、伏見稲荷の頂上まで登って気分転換していた。千本鳥居が有名になる前だったので、観光客は全然いないし、参道の途中にある狐(きつね)の像も少し怖い感じだった。ほぼ自分だけの貸切の庭と勝手に思っていた。今では観光客の多さに毎回驚かされる。

龍谷大学での一年が終わってから帰国してキーウ大学を卒業し、もう少し日本で勉強を続けたいと思って、立命館大学の国際関係学部で一年間のプログラムを受けることにした。このときは花園(はなぞの)駅近くのインターナショナルハウスに住んだが、ここは幅広い国際環境だった。「鉄のカーテン」の向こう側で育った私に初めてオーストラリア人、アメリカ人、フランス人、ドイツ人、アルゼンチン人の友人ができ、一年間、一緒に生活した。アメリカ人の友人と初めて冷戦時代の話をして、子どもの頃にテレビを見ていてソ連から爆弾を落とされるのではないかと怖(こわ)がっていたことを知った。私もアメリカに落とされると思っていたから、お互いに笑いあった。友人たちは今では弁護士や教師、国際機関の職員、音楽家などになっていて、連絡を取りあっている。

立命館のプログラムが終わるとウクライナ外務省に就職し、在日ウクライナ大使館で文化担当として働いた。その後、キーウ大学の大学院、東京大学大学院で研究を続け、東大では日本政治思想研究室に入って、歴史、思想、哲学をより詳しく勉強するようになった。ゼミ仲間、学友、同級生とは自分の研究テーマだけでなくいろいろなことについて話し合い、また神田の古本屋に出かけて本を買い集めたのも楽しい思い出になっている。

私が修士課程にいたのはウクライナが独立してから一〇年も経たない時期だったから、明治期の国作りと学問に非常に興味があって、福沢諭吉の智徳形成論について研究した。博士課程ではテーマを変えて、戦後史、メディア史、消費、マーケティングに興味を持ち、戦後の婦人雑誌の商品広告における女性のアイデンティティーについて研究した。背景にはウクライナが資本主義経済になったということがあった。

つまり、ウクライナの独立が私の新しい人生の道を切り拓いた。私と日本との関係は全部ウクライナの独立のおかげである。それがなければ日本語を学ぶ機会もなく、日本への留学のチャンスもなかっただろう。また、日本にウクライナ文化を紹介することもなかった。

日本語を勉強しはじめてから三〇年近くが経ち、日本との関わりを大事にし、ウクライナで日本の歴史と文化を紹介し、また日本ではウクライナの歴史、文学、文化を紹介してきた。そのなかで二〇〇五年に共訳で『現代ウクライナ短編集』、また二〇一四年に単著のエッセイ集『ウクライナから愛をこめて』、それからロシア侵攻のほぼ三週間前に『国境を超えたウクライナ人』というエッセイ集を出した。私自身が「国境を越えたウクライナ人」となったから、この本の題名は運命的にしか思えなかった。内容としてはウクライナに生まれた人たちが移民や難民、亡命で世界各地に移り住み、その先で辛い時代環境に負けずに自分の才能を花開かせた話である。

二〇二二年二月二十四日にロシアがウクライナに侵攻したとき、私は友人に会うためにヨーロッパに出ていた。まさかその日以降に国境を越えるウクライナ人難民が六〇〇万人を上回るとは、悪夢のなかでも思わないことだった。国外にいるウクライナ人移民やディアスポラ（移民）をテーマにしてきた私の研究がそのまま再現され、自分の人生の一部になるとは思わなかった。恐ろしい展開だった。

ロシアの侵攻以来、日本のメディアはウクライナについて多くのストーリーを語った。しかしそこでは語りきれない部分が残っていると思ってこのエッセイ集を出すことにした。ウクライナ人はこの現実と自分の歴史的な過去をどのように受け止めて、先に進もうとしているのか。毎日生活しながら何を考えているのか。

ロシアの侵攻以来、私にも日本のメディアから多くの取材の依頼があったが、途中から全部お断りするようになった。皆ほぼ同じ質問で「今の状況についてどう思っていますか？　どんな気持ちですか？」と尋ねてくる。だが実際にその現実のなかにいる人にとって、まだ経験を十分消化しきれていないのにそのような質問を受けるのは、心にもう一度傷を負うだけにすぎないと思った。三月〜四月頃にはこのような質問を受けたことがある。

- いつ頃、どんな状況のなかでウクライナから国外に脱出されたのでしょうか。
- 毎年五月頃、キーウはマロニエの花が咲き、ロマンチックな香りが漂う街となると聞いています。戦争のためにこの時期をキーウで過ごせなくなったことについて、どう思われますか。

・以前のご著書にウクライナは「もともと農民が多かった国なので「土地」に対する特別な愛着がある」と書かれてありました。また、ひいおじいさんがロシア革命後にソ連に土地を没収されたことも知りました。そうだとすると、ウクライナ人にとって現在のように土地を追われることは特別にお辛い経験に思われますが、いかがでしょうか。

・最新の報道によれば、現在マウリポリには取り残された一〇万人のなかには、食糧不足で餓死したり、ペットを食べたりする人が出てきているそうです。九〇年前にもウクライナは深刻な飢饉で多くの犠牲を出していますが、同じような悲劇が今繰り返されていることをどうお感じになっていますか。

・オリガさんはチェルノブイリの原発事故当時、中学生であり、避難生活を経験されたと聞いています。ロシア軍は今回の侵攻過程で一時的にチェルノブイリ原発を制圧し、汚染土を掘り返したため知識のないロシア兵が多数被曝したとの情報があります。こうした状況についてどのようにお考えでしょうか。

これらを読んだだけで、キーウのマロニエの花、曾祖父の土地の風景などが目の前に浮かび上がってきて、気分が悪くなった。この人は日本の一流の雑誌の記者だというが、このようなことを聞く人には心がないとしか思えなかった。しかもそれは私にだけされた質問ではなかった。日本のメディアの取材を受けた知人に聞くと、ほぼ同じようなしつこさだったという。

信じられないような話もあった。ブチャで息子を亡くした高齢の母親に日本のマスコミが道端でインタビューして、「あのときのお気持ちはどうでしたか」と数回繰り返しているうちに、その女性が途中で泣きながら去って行ったという。わからないわけではない。マスコミはセンセーショナルな話題がほしいものだ。私も国際メディアでの経験が長いので、その仕事の中味もよくわかっているが、今回初めて取材を受ける対象になっていろいろ思い知らされた。

正直に言って先ほどのような話題には触れたくなかった。

そこで、取材を全部断って自分で書くことにした。そのほうが精神的な被害が少ないと思った。自分で書くとある意味で気持ちの整理もできるし、トラウマを乗り越えることもできると思ったからだ。そして実際に友人がテレビの取材で使い捨てにされているところを見て、正解だったとあらためて思った。日本のメディアの関心は非常にタイムスパンが短くて、早く消費されやすい。

ウクライナは何百年もの間、語り手ではなく受け手だったが、その仕組みを変えないといけない時代になったのではないか。ウクライナの歴史や言語について語ったのは他者ばかりだったし、十九世紀まではウクライナの地図を作ったのも外国人だった。だが、そろそろ受け手を卒業して、語り手になる時代になったと思う。

そして私はウクライナと日本の最高教育機関で専門的な教育を受けた研究者で、ジャーナリスト・作家でもある。歴史や文化、今回の気持ちについて自分で語るべきだ。そこでこのエッセイ集をまとめようと思った。二〇二二年二月二十四日以降にウクライナ人の心のなかにあった気持ち、そして社会的・経済的変化について、この本を読んで、日本の読者にわかっていただきたい。友人の精神科医が冗談で、最近通ってくる患者は皆、「戦争前日の二月二十三日の現実に戻してほしい」と言うと教えてくれたが、それは無理である。私たちはこの慣れない現実になんとか慣れる必要がある。

二月二十四日以降の苦しい道をもう一回たどりたくないのは確かだが、日本の友人、お世話になった先生、同級生たちに、ウクライナの人々の心にどのような変化が起きてきたかを知らせたいから、この本のページをめくる読者の皆さんと、もう一回この道を歩くことにした。どうぞお付き合いいいただけますよう、お願いいいたします。

キーウの遠い空†目次

3　戦時下の日常

4　失われたもの、得られたもの

装　画　ユリア・クリローワ（Yuliia Krylova）
装　幀　中央公論新社デザイン室
ＤＴＰ　市川真樹子

キーウの遠い空

戦争の中のウクライナ人

生きているということ
いま生きているということ
泣けるということ
笑えるということ
怒れるということ
自由ということ

——谷川俊太郎「生きる」一九七一年

1　あの日のこと

戦争の予感

あの日のこと

私は今、オーストリアの田舎を走る電車に乗っている。窓の外は春の花がいっぱいで、美しさのあまりに胸がときめく。今日はオーストリアに避難できた家族に初めて会いに行くのだ。

私は戦争が始まる二週間前から用事でウィーンに来ていた。首都キーウに住んでいた母と姉の家族は空爆が始まった二月二十四日に学校(ウクライナでは小学校から高校までが同じ校舎にある)の地下室にある寒いシェルターのなかで一晩を過ごし、キーウを離れることを決めた。

町を出るのは決して安全ではなかった。どの道を通るかでも迷った。西ウクライナの友人に相談し、キーウと西部の都市リヴィウをつなぐ幹線の高速道路はやめて、村々をつなぐ一般道を選択した。高速道路を使えば六~七時間の旅が、渋滞もあって二八時間もかかってリヴィウに着いた。それでも途中でガソリンを給油できたし、空爆に遭わずに出られて幸運だった。

同じくキーウに住む私の教え子のポリーナさん家族の場合は、それほど運がよくなかった。同じ二十五日に西方のジトーミル方向に走ると、すぐに渋滞に巻き込まれて動けなくなった。さらにキーウ北西にあるホストーメリ空港が空爆されている音が聞こえてきていったんキーウに戻る。車での脱出は諦めて列車に乗ろうと翌日キーウ駅に行ったが、あまりの混雑で乗ることさえできなかった。ポリーナさんはストレスでどもるようになり、白髪も出はじめた。それでも幸いなことに二週間後には、ポーランドにいた父親のところに行くことができた。

実は私の家族がキーウの家を出ると決断してから実行するまでに、四〇分しかかからなかった。戦争を予感していたキーウの人たちは、一月から避難用のかばんを準備しはじめていたのだ。かばんには必要な書類（身分証明書や運転免許証）、下着、靴下、携帯用の食料品、飲料水、電池、携帯ラジオ、携帯電話の充電器などを入れた。この避難かばんは、地震に備える非常用持出袋と同じ。ただ、地震の代わりに戦争が来た。まさかそんな経験をするとは思わなかった。

避難かばんを準備しながら、二〇一四年にウクライナ東部で戦争が始まったときに配布された『もしも空爆を受けた場合には』という行動マニュアルを初めて読んだ。家のなかでお風呂場が一番安全な場所だということを知った。柱があり窓がなく、構造的に爆撃を受けても命を守れる可能性が高いと書いてある。実際は必ずしもそうではなかったようだが。

私の母は最後まで避難かばんを作らなかった。戦争のうわさを無視していた。そのため、いざ家を出るとなるとかなり慌てた。自分のものだけでなく、飼い犬の餌や薬なども必要だったからだ。荷物は何とかまとめたけれど、一番古い靴を履いて出発。あとで再会できたとき「あなたがたくさんの靴を買ってくれたのに、私はどうして一番汚いものを履いたんだろう」と悲しんでいた。

母が避難かばんを作らなかったのは不注意というより、戦争が起こるとは思いたくなかったのだろう。母は八十歳で、子どもの頃すでに戦争を経験していた。一月末から、ヨーロッパに住んでいる母の友人から「遊びに来ませんか」と誘われていたが（これは婉曲な避難のすすめだった）、強く断っていた。

想像力が豊かすぎる？

戦争が起こらないと思っていたのは高齢者だけではなく、若い人もそうだった。状況を楽観していた。

一月七日の正教のクリスマスで帰国した友人が「アメリカやヨーロッパのメディアは戦争が迫っていると結構騒いでいるのに、キーウの人はお祭り気分で現実を忘れているのが不思議」と言っていた。私もキーウの家族からは「あなたは想像力が豊かすぎる。戦争なんか起こらないよ」と笑われていた。今思い出すと笑えない。

一月後半のキーウでは、実は見えないところで緊張が高まっていた。外国の大使館は撤退しはじめていたし、日本の商社マンも家族を帰国させていた。その後も外国人が少しずつヨーロッパの近隣の国々に移動しはじめた。当時、キーウにいた私は、友人が皆去って取り残された気分だった。

　一月二十五日、日本政府はウクライナを渡航危険レベル四に引き上げた。それは「退避してください。渡航は止めてください」という退避勧告を意味した。

　翌二十六日の朝五時、その日にうちあわせを予定していた日本の会社から急にメールがきた。挨拶(あいさつ)の言葉一つなく、「全ての業務を停止します」とだけ記されていた。その日から皆が一斉にいなくなった。

　お世話になっている人にこのことを伝えると、「これは普通ですよ。イラクやアフガニスタンの戦争のときと同じこと。大変な事態になる前に皆を帰国させたいのでしょう。あとで政府のチャーター機を飛ばすのは大変なお金がかかるから」と冷静に言われて驚いた。まさかウクライナがイラクやアフガニスタンと同じとは思っていなかった。しかし、私の見方も甘かった。

　一月末、外国のメディアでは「キーウの人は勇気があるので町を出ない」という報道が多かった。勇気だったのか、ただ不安を顔に出さなかったのか、不安を言葉にできなかったのか。あらためてふり返ると、私の周囲には、緊張と不安を感じていた人が多かったと思う。万が一の場合はどうするか考えていたが、口には出さなかった。

　ウクライナ人はぎりぎりまで我慢する傾向がある。それは日本人と似ていて、人前で面子(メンツ)を失うのを避け、最後まで無理して我慢する。いくら緊張していても人前では本心を明かさないようにする。

ウクライナ人のこうした気質について、知り合いがSNS（ソーシャルメディア）に書いたこともあった。おもしろい書き方で、「皆さん、私は空気を読めない人間で何ごとも最後まで気づかないタイプです。今回の状況で何か大事な情報を見逃すのが怖いので、いざとなったら誰か教えてください。背中を押してください。頭も叩いてくださいよ」と。その人はベラルーシとの国境に近い北部のチェルニヒウ出身で、今はドイツにいる。誰かが知らせてくれたのだろう。

外国への避難の「壁」

私は多くの国際的な研究プロジェクトに参加しているので、外国に出張へ行く段取りはいつもできている。パスポート、保険証、クレジットカード、現金、パソコンや携帯電話や充電器。そして必要な連絡先の情報さえあれば、他のものは全部買うことができる。だがこうしたウクライナ人は決して多くないし、旅慣れていない人が家を出るのは簡単な話ではない。しかも滞在先では避難者になるのだ。出国にはたくさんの「壁」があったに違いない。

一番大きな不安の壁はお金だろう。ウクライナ人はソ連崩壊から今に至るまで銀行を信用していない。タンス預金も多い。そのため空き巣や泥棒も多い。

もちろん、誰もが貯金をたくさんしているわけではない。特に若い人はそうだ。新型コロナウイルスの感染症が広がってから失業率が上がり、緊急の金貸しが増えた。五万〜一〇万円程度のお金を、自分の家や車を担保にして借りる。だが高齢者は違う。いろいろな時代を経験しているから、万が一のためのお金と葬儀代は必ず用意している。ただ、ロシアによるクリミア侵攻があった二〇一四年には通貨フリヴニャの価値は五分の一に下落したが、それ以降も外貨に変えていた高齢者はあまりいなかった。

外国語の壁はどうだったのか。外国に避難してきたウクライナの人々を見ると、言葉を話せない人もたくさんいる。身の危険を感じたらとにかく生き残るために動く。

三月中旬、そのような人たちにウィーンの中央駅で出会った。ロシアとの国境に近い北東部のスームィに住んでいたが、二月二十四日に家から一〇〇メートルのところに爆弾が落ちたので、慌てて荷造りして、子ども二人を抱えて電車を乗り継いで来たという。目指すはスペイン。姉の家族がいるという。恐怖を移動の原動力にした人たちだった。

苦労して購入した家から去ることも大きな壁だ。家というものに対するウクライナ人の思い入れは次の節で書くけれど、家は唯一の財産でもある。また「外国では誰も我々を歓迎していない。行っても困るだけだ」という思い込みの壁もある。他にも誰にも言えない壁とトラウマを持った人たちもいる。

空爆されても自分の家に残るという考え方はわからないわけではない。自分の家で死にたいというお年寄りはどの世界でも共通だと思う。

私もキーウの家を出てもう二か月が過ぎている。二月中旬にヨーロッパに行くときは当然、必要最低限の物しか持ってこなかった。季節が変わり、春夏向けの新しい服を買った。しかし今回わかったのは、家なんてどうでもいいということ。元気でさえいればいくらでも新しい家を建てられる。命を失ったら終わりだから。

（二〇二二年五月八日）

家はどこ？

あなたにとって家とは何ですか？

「あなたはどこに住んでいますか？」と聞かれると一瞬戸惑ってしまう。私が今回の戦争で避難民になって家を離れたということもある。だが普段でも「あなたにとって家とは何？　どこに住んでいますか？」と聞かれたら即答できないかもしれない。習慣や年齢によって違いがあるとしても、家に対する思いは人それぞれなのだ。

家とは何かと聞いても、返事はさまざまであろう。ある人にとっては実家。クリスマスやイースター（復活祭）の休暇に帰る両親の家で、母親の料理を食べて子ども時代に戻れるところだ。そこは自分の心の家でもあるかもしれない。別の人にとっては、長い間頑張って積み重ねた努力で買ったマイホームである。旅行かばんのなかに持ち込んで、どこでも「家」にできる人もいれば、「飛行機のなか」と笑いながら答える人もいる。

友人たちに聞くと、パートナーや家族、子どもがいるところ。そして大好きな飼い犬がいる場所。「皆一緒にいてワイワイするところですよ」という答えもあった。あるお年寄りは「ゆっくり自炊できる台所と体をほぐせるお風呂場が自分の場所」と言った。確かに！

家とは場所であり、モノや人、雰囲気でもある。特に二〇二〇年にコロナ禍が始まってから、誰もが家の物理的な意味を見直すことになった。自宅で仕事をするようになって、住環境をじっくり見直すことができた人は多いだろう。それまではほとんど「寝る場所」として使っていた人も、家の意味を見直さざるをえなかった。私も二年間、もう考えたくないほど見直した。

外資系の法律事務所で働いている友人は、コロナ禍の前は出張が多くてほとんどキーウにいなかった。出張用スーツケースを自分の「家」として持ち歩いていたと言っていいだろう。だがその友人はコロナ禍が始まる前に家を買った。将来キーウに定住するかどうかも決まっておらず、賃貸よりお金がかかるのに、どうして買ったのかと聞いたら「自分の靴下をあちこちに自由に散らかしても誰にも文句を言われない自分だけのスペースが欲しい」と言う。何となくわかるなあと思ってしまった。

家に対するウクライナ人の思い

ウクライナ人は自分の家に対する特別な思いがある。都市でも田舎でもそれがよくわかる。完成してから何十年も経ったマンションでも、玄関や廊下は古びていても、中に入ると綺麗(きれい)に手入れされている。イギリス人ほどではないかもしれないが、やはり「マイホーム」を非常に大事にしている。

ロシア革命以前に、ある歴史家・民俗学者がウクライナを旅した日記がある。そのなかで、ウクライナとロシアの村はかなり違うと書いている。ウクライナでは、家の周りに庭があって花を植え、壁は毎年塗り直されている。家のなかも綺麗だ。少しでもお金を稼いだら家に投資する。西に行けば行くほど家が豊かで綺麗になるという。

社会主義下で個人所有が許されなかったソ連時代、家は唯一の資産であった。自動車を購入するのは大変で、それほど普及していなかった。家は一番の資産であり、精神的にも大きな意味があった。圧力の多い社会から唯一逃げられる場だった。政府がいくらコントロールしようとしても、台所で、あるいは寝室でどんな話をしているかは最後まで管理できなかった。家は自由に生活を楽しむことができる、最後に残された「場」であった。特に台所はそうで、朝食や夕食をとるだけでなく、皆が集まり語り合う場所でもあった。ウクライナでは台所を見たらその家にどのような人が住んでいるか大体わかると言われているくらいだから、台所を中心とした自分の家への愛着はとても強い。

二〇二二年二月二十四日にロシアの侵攻が始まって、私自身、あらためて自分の家への思いが強くなった。コロナ禍の二年間は飽きるくらいいた家から突然出なければならなかった。内装も全部自分で一つ一つ考えて作った家を一瞬で奪われた。物理的にはまだ存在していても、そこに帰れない精神的な辛さはうまく表現できない。家に残ってミサイルに撃たれて死ぬか、それとも家はあるけれど出るのか、という厳しい選択を迫られるとは思っていなかった。

だが今回に限らず、ウクライナ人には過去に何回も、家を離れなければならない危険な状況に直面した出来事があった。

まず一九八六年四月のチョルノービリ（チェルノブイリ）原発事故。その夏、キーウの女性と子どもはほぼ全員が家を離れた。私も八月末に疎開先からキーウの家に何とか戻れたが、自分の家で再び普通に生活できることが信じられない気分だった。

二〇一三年の秋に、当時のヤヌコヴィチ大統領が欧州連合（EU）加盟への道を捨てたときにも、家を出ることを考えた若者は少なくなかった。ある友人は両親に「いざとなったら国を出る」と告げたそうだ。母親が、昔は富の象徴でもあった壁にかかっている絨毯のそばに座って、「でもこの家はどうするの？」と聞いたとき、友人は「いくら立派な絨毯のある家であっても、それより自由のほうが大事だ。このような一九六〇年代にフルシチョフの政策で作られ、もう古臭くなっている絨毯だらけのマンションはいらない。貧乏でも自由のほうがいい」と答えたという。

別の友人も大きなソファーを買うために貯めたお金を、国外脱出に備える「万が一のための貯金」に回した。幸い二〇一四年二月のマイダン革命（EUとの連合協定の署名を拒否したヤヌコヴィチ政権に対する大規模な反政府デモが発生し、大統領は失脚、ロシアに亡命した）を経てヤヌコヴィチ大統領が失脚し、政権が変わったので貯金を取り崩す必要はなくなった。その数年後、彼は家と母親を大事にするウクライナ人だから、母親を新築の高層マンションに住まわせてあげた。窓には綺麗な風景が広がり、毎日夕焼けを楽しんでいた。だが、その高層マンションの一角にミサイルが飛んでくることになるとは、まさか夢にも思わなかった。二月二十四日午後に近所のマンションが爆撃されたとき、「家にいたら死ぬ」という厳しい現実を受け止める必要があった。最初は西部に逃げ、彼も母親も今は長男が住むドイツに滞在している。残念ながら家は動かせない資産であるため、今でもそこに残っている。

戦争が始まってから、キーウの家賃は半分になった。不動産屋が困り、建設会社はさらに困っている。新しい家を作れる見込みはない。建設に使う鉄筋コンクリートの工場が破壊され、コンクリートの値段が急騰しているのだ。

だが、ウクライナ人が家を離れなければならなかった事態は、チョルノービリ原発事故よりももっと前からあった。二十世紀はじめのロシア革命のときには、裕福な農家はほぼ全て、家を奪われた。

二月初めに私がヨーロッパに出かける頃、すでにキーウの空気は重かった。荷造りをしながら、なぜ歴史は繰り返されるのかと考えていた。私たちは自分の土地で自由に生活しているのに、どうしていつもよそ者に邪魔（じゃま）されるのか。答えが見つからない。そのとき、先祖から受け継いだ、言葉に表れなかった記憶が体のどこかでよみがえってきて、恐怖に襲われたことを今でも覚えている。

そして無意識のうちに大学の卒業証書をかばんに入れていた。第二次世界大戦で若い未亡人になった祖母が再婚した相手は戦前に大学を卒業していたが、戦争中に卒業証書を失くしてしまった。戦争が終わっても大学に再発行してもらえなかったため、祖父はずっと給料の安い仕事にしか就けなかった。幼いときからその話を聞かされてきたので、私も「まずは卒業証書」と思ったのだろう。

ものへの欲求

ウクライナ人は「よいものを長く使う」という考え方が強く、自分の家には一番よいものを買う。人前に出るときには、たとえ避難先であってもだらしない恰好をせず、できるだけ身なりを整える（この話は「移民の歴史」の節で詳しく書くことにしたい）。今、西ヨーロッパに避難した多くのウクライナ人が、生活スタイルの違いに気づいている。ヨーロッパの人たちは家にお金をあまりかけないようだ。アパートの壁紙、風呂場やキッチンの設備などに量販品を使うことも少なくない。そこで、逆にウクライナの生活レベル、またはＱＯＬ（quality of life）がかなり高いことに気づく。

ウクライナに侵攻したロシア軍の兵士も、自分たちの生活と比較して同じことに気づいたようだ。ウクライナの公安が聞き取った電話の会話では「いい生活をしているぞ。こんな家電は一〇年働いても買えない」というものもあったという。そのために洗濯機まで奪われ、持っていかれてしまう。ある意味でウクライナの生活レベルの高さを示していることになるだろう。

ウクライナ人が家に対する特別な思いを持っているのはなぜなのか。独立後の三〇年間、資本主義の自由を味わってきたウクライナ人だが、ものを自由に買えなかったソ連時代をまだ覚えていて、モノへの欲求はまだまだ残っている。

社会主義時代にはコムナルカという共同住宅があった。風呂場やトイレ、キッチンを数世帯共同で使うアパートで、ものも思い出も全部共有させて、人々の個人性を消し去ろうとする動きだった。共同農家、共同組合など、多くの「共同ナントカ」ができた。東ドイツ出身の友人によると、どうも東ドイツもそうだったらしい。

コムナルカで暮らすときには、食器なども自分のものを持たずに共同で使っていた。しかし、日本の家庭でそれぞれが箸（はし）を持っているのと同様に、昔からウクライナの家庭では皆、自分のスプーンを持っていた。他人のスプーンを使うのはタブーだった。亡くなったときにその人の使っていたスプーンを棺（ひつぎ）に入れる習慣は今でも残っている。だから共同住宅でもスプーンだけは自分のものを使っていた。あるいは当時はそれが唯一の個人資産であったかもしれない。

人は「自分だけのもの」を求めることで、自分が「安心して過ごせる縄張り」を確認しているのではないか。私もそうだ。戦争が始まってからの二週間は、不在にしていた友人の家を借りていた。そのときには自分が避難民になったという事実をなかなか受け止められなかった。その家には何でもあったが、やはり自分だけのものが欲しくなった。

そこである日、ウィーンのＩＫＥＡに行って、とりあえずスプーン、ナイフ、フォーク、それに皿を三枚とコップを買った。まだ寒かったから寝巻き、スリッパ、布団と枕も。自分だけの枕、新しい夢を見る枕。久しぶりに一〇〇ユーロも使ったが、何だかものすごく得した気分だった。「ＩＫＥＡ、ありがとう」と思いながら青いバッグに入れて帰ってきた。すると友人の家が少し私の家らしくなったような気がした。

生活するのにどれだけ多くのものが必要か、ということは引っ越しのときによくわかる。私は今までに二五回くらい引っ越したことがあるが、いつもそう思う。長く夢見ていた自分の家を一〇年ほど前に買った。これでやっと落ち着けると思った。その先にこんな状況が待っているとは思わなかった。

避難民にとっての「家」

オーストリア、ドイツ、ハンガリー、イギリスなどでウクライナの避難民にインタビューしたときに、「あなたにとって家とは何ですか？」ということも聞いてみた。「「自分のもの」と「自分のルール」があるところ」と答えた人が多かった。「自分の生活習慣が成り立っている空間である」という人もいた。

キーウ郊外からドイツに子ども三人を連れて避難してきたスビトラーナーさんにとっては、キーウにいたときと同じように、毎朝大好きなコーヒーを淹れることで落ち着きを取り戻せるようだ。コーヒーメーカーは、それまで全く面識もなかったドイツ人が彼女にプレゼントしてくれた。息子のミーシャ君はキーウから持ってきたサッカーボールで遊ぶことが以前と同じ日常となった。そこにあった生活習慣や雰囲気が「家」なのだ。

私の母にとっては、犬と散歩した後にソファーでクロスワードパズルを解く場所が「家」だ。私がフランクフルト空港で買ったクロスワードパズルをあげたら大喜びしていた。さらに、YouTube（ユーチューブ）の使い方を三か月かけて学んでもらった。母国の夜のニュースを見たいのだ。母にとってはそれが家での毎日のリズムだった。

今回、ヨーロッパの多くの国々はウクライナの避難民を受け入れてくれた。「家」の意味をよくわかっているイギリスの人々は、ウクライナ人の避難者向けのプログラムを「ウクライナ人向けのホーム」とそのまま名づけた。その説明書は「家」の定義を「自分の部屋、プライバシーがある空間」としている。

キーウを離れなかった同級生とも「家」について話した。彼は留学もせず、早く結婚して子ども五人を育てながら、ずっとキーウで仕事をしている。「大きな家はウクライナ、小さい家は自分の家。好きな人が待っていてくれるところだ。「臍を埋めてあるところ」（ウクライナのことわざで、「生まれたところ、母国」という意味）でもあって、我々の領土である。どこにも行かない。最後まで戦う」と言った。

その気持ちもよくわかる。彼のことが心配で、私は毎日メッセージを送っている。彼は今、私たちの「心の家」を守っている。

（二〇二二年六月十六日）

神様との会話

表と裏の宗教生活

自分の家が空爆され、逃げなければならないときに、家族以外では誰に助けを求めればよいのか。その相手は神様しかいないかもしれない。

ロシア革命でソ連が成立して以降、宗教は弾圧され、教会も壊され、人々は自由に祈ることもできなかった。宗教の代わりとされたのが共産主義で、神様ではなく国のリーダーを信じることになっていた。生まれた子どもの洗礼も禁じられた。それでも洗礼を受けたい場合はほとんど隠れて受けるしかなかった。どうして幼児洗礼を受けるのかというと、不安定な社会のなかで子どもを守るには、神様に任せるのが第一の、そして最大の手段だったからだ。

だがどれほど宗教弾圧が厳しくなって教会が閉じられても、ウクライナ人は神様を固く信仰していた。閉鎖を免れた教会もあるにはあったが、おそらくそこの神父さんは国の威信に従うか、従っていないように見せていても裏で当局に報告していたので、信用できなかった。

しかし教会に行かなくても、誰もが家のどこか隠れた場所で祈っていたし、田舎のおばあちゃんの家には必ずイコン（聖像）があった。都会と違って田舎では誰もそれを咎めなかった。また表の顔は共産党のメンバーだったとしても、洗礼のときにもらった十字架を机の引き出しに大事にしまっている人もいた。

私が通ったソ連時代の小学校の授業では、宗教の信者は子どもが病気になっても神の力で治せると信じて、医者にかからずに死なせてしまう、と先生に教えられてびっくりし、家に帰って泣いた覚えがある。このように、宗教への違和感を抱かせる雰囲気のなかで育てられた。

宗教が禁じられても、ウクライナの人々は人間の力を超越した大いなる存在があると信じていた。誰もが自分の家で、復活祭（イースター）とクリスマスを密かに祝っていた。学校の先生たちもそれがわかっていて、イースターの前の週になると、「あのケーキをお弁当で持ってきてはいけません」と言うのが常だった。イースターのときには私たち生徒が家でイースターケーキとピサンカ（イースターエッグ。蠟を使ってカラフルな色や模様をつけた卵細工で、ウクライナの特産品）を作るとわかっていたから。

また、ウクライナ語で祈ることもほぼできない状況だった。教会で使われるのもロシア語だった。キーウではウクライナ語でミサを行う教会は数か所しかなかった。それもロシア革命以降、特に一九三〇年代のスターリン時代や一九七〇年代には、当局が強い圧力をかけて神父や信者を取り締まっていた。特にキーウの教会はそうだった。

二〇一四年に東部で戦争が始まってからは、多くのウクライナ人は教会に行かなくなった。ミサのなかに政治が絡んでいるので、モスクワからの説教を聞きたくない。そして自分の言語で神様と話したかったから。

神様はいつも身近にいる

二〇一八年にウクライナ正教会がやっと独立できたのは歴史的な出来事である。自分の力で独立したのではなく政治的な圧力のおかげだという批判があるが、独立できなかったのも政治的な理由によるものだった。国としてのウクライナはロシア革命後にいったん独立し、正教会にも強い独立願望があったが、モスクワ総主教庁がイスタンブールのコンスタンティノープル総主教庁に強く圧力をかけたため認めてもらえなかった。

国が独立していれば、自前の宗教の本部を持ち、自分たちの言語で祈るのは当たり前のことである。他国に税金を納めるのではなく、自分の国に納めるのと同じような話だ。これは心の自由であり、精神的な独立でもある。

昔からウクライナ人は上からの圧力への反発心が強いし、はめられた型から逃れようとする傾向があった。その意味で新しいものへの好奇心もあるし、国や言語の異なる相手とも積極的にコミュニケーションをとろうともしていた。

このような状況のなかで育つウクライナの人々は、子どもの頃から両親に「神様は心のなかにいる」と教えられる。神様はどこに行ってもあなたの心のなかにいる。どの宗教の聖堂に行っても祈ることができる。心のなかにいつでも話せる相手がいて、それが自分を守ってくれる。神様ではなく天使や自然の力、手伝ってくれる力などと呼んでもいいかもしれないが、いつでも身近に存在する。元来の宗教はそのようなものだ。

だがこれは正教会の考え方からすればありえない話だ。正しい神は教会にいるものだからだ。ウクライナでは、歴史的・政治的な厳しい状況にあわせて独自の宗教世界を作ることができたとも言える。

十七世紀のウクライナに生まれた「家庭イコン」もその一つと言えるかもしれない。通常、イコンは教会で買うものだが、高額ということもあって人々は自由にイコンを描くようになった。そのイコンはギリシャやローマ、ロシアと違って華やかな絵柄で、そこに表現されている神様は罰を与える厳しい存在ではなく、人々が自由に相談できて慰めを与えられる相手でもあった。

このようにさまざまな歴史的経緯から、ウクライナの人々は教会を介在させずに直接神様と話すようになった。こうした神様の位置づけは一般的な宗教とは少し違うのかもしれない。

独立直後には若者の宗教ブーム

一九九一年にウクライナが独立すると、宗教の自由が認められるようになった。今まで禁止されていた宗教に皆どれほど関心があったか、言うまでもない。出版社に勤めている知人によると、その頃、多くの部数を刷っていたのはサスペンス小説とウクライナ語に翻訳されたビジネス関係の図書、そして聖書だった。

またさまざまな宗教団体が活動するようになった。ある同級生は英語を勉強したかったがレッスンを受けるお金がなかったので、アメリカの宗派の教会に通っていた。そこには今まで見たことがないアメリカ人という外国人がいて、自由に会話できたからだ。しかし三か月後にはやめてしまった。やはり宗教ではなく英語が目的だったからだが、当時の宗教団体はそんな学生も積極的に受け入れていた。

宗教に全く関心のない友人が牧師さんと結婚したり、幼馴染みの従兄弟（いとこ）が急に航空学校を辞めて宗教学校に入ったりと、私の周囲にもさまざまな変化があって驚いた。

だが、多くの若者が宗教から離れていくような大きな事件もあった。一九九三年の秋に、キーウの聖ソフィア大聖堂の近くで、「白い兄弟」という新宗教団体が集団自殺をしようとしたのだった。この団体にはキーウ大学の哲学部や数学部などの優秀な学生が多く入っていた。警察や公安が事前に察知してリーダーの夫婦を逮捕し、学生を家族に連れ戻した。しかし、大きな精神被害が残り、普通の生活に戻れなかった人もいた。それがマスコミに大きく報道され、新宗教の怖い力に皆が気づくことになった。それ以来、若者の宗教熱が冷め、冷静な目で宗教を見るようになった。

日常生活のなかの宗教

ウクライナでも西部と中部とでは宗教に対しての親近感は違う。西へ行けば行くほど道ばたに小さな祈りの場が多くなり、日曜日に家族揃って教会へ行くのも当たり前になる。だが、中部の大都会のキーウはそうでもない。むしろ宗教が日常生活のなかに溶け込んでいると言ってもいいかもしれない。

新年の次に、一月七日に正教のクリスマスを祝い、二月十五日には自然教の時代の春祭りを祝う。四月にはイースターを祝うが、そのときには教会とはあまり関係がなく、古代の命のシンボルであるピサンカ（イースターエッグ）も作る。七月七日には夏至祭の「イワーナ・クパーラ」を祝う。その日には聖イオアン（七～八世紀のギリシャ教父で、正教会の重要な聖人）の祭りも重なっている。

また最近、九八八年にキーウ大公がキリスト教の洗礼（「ルーシの洗礼」と呼ばれる）を受けた七月二十八日はウクライナ国家の祝日にもなった。八月十四日と十九日には、古くから一年のカレンダーに入っている蜂蜜収穫とりんご収穫のお祭りがある。それがキリスト教の祝祭とも重なっている。

日曜日に教会へ行かず、家にはイコンがなくても、自分の車に小さなイコンを飾っている人も多い。特にタクシーの運転手はそうだ。シートベルトは締めなくても、イコンに守ってもらえるから大丈夫だと思うのは不思議な感覚だ。

神様を信じるのと同じように、ウクライナでは「運命」の存在を信じる人もいる。ウクライナの国民詩人タラス・シェフチェンコに、運命についての詩がある。ある日本の友人がそれを読んで、「この人はどうして自分の運命を恨むのですか。ウクライナ人の人生観では運命に何パーセントを任せているのですか」と私に聞いてきた。なるほどと思って翌日、私が教えているクラスの学生にその質問をした。すると五〇パーセントという人、八〇パーセントの人もいた。だが九割くらいの学生が運命の大きな役割を認めた。それは迷信の文化とも言えるかもしれない。暗い歴史を経験しているので、運が逃げないように人前ではあまり自慢しないという習慣もある。神様を信じる人は迷信を信じないのが普通だが、ウクライナでは信仰と迷信が平和的に併存している。

以前、外国の友人に「ウクライナでは「運命」という言葉を自分の受け身な立場の言い訳に使うのではないか」と指摘されたことがある。そのときは大きく間違っていると思っていた。しかし、戦争が始まってから再び「運命」のことを考えさせられた。

三月はじめのことだが、キーウにずっと留まっている友人に避難するように呼びかけても、「避難しない。これが私たちの運命だったら、仕方がない。ここで死にます」と言われた。「あなたはともかく、せめて子どもだけは救うように」と言っても聞き入れてくれなかった。彼女はあまり行動的な性格ではなかったし、また戦争という人生の大きな変化のなかで思考停止に陥っていたとしてもおかしくないかもしれない。しかし他人が決めた「死せる運命」に任せてはいけないと思う。結局、彼女の夫に話したら、家族を西のほうに避難させてくれて、一家は皆元気で命が助かった。

戦争が始まり、神様との会話が増えた

戦争が始まってから、ウクライナ人は心のなかで神様とこれまで以上によく会話するようになった。私物をほとんど持たずに洗礼の十字架だけを身につけて家から逃げた人、軍隊に参加しているウクライナ人もそうだ。助けてくれるのは自分の手、人の手、また神の手しかない。

戦争が始まってから四か月の間に私がウィーン、ブダペスト、デュッセルドルフ、ロンドンの駅で出会ったウクライナ人避難民は、ほぼ全員が首に十字架をかけていた。そして多くの人は手に赤い糸もつけていた。その赤い糸は悪魔から守ってくれる「輪」で、キリスト教とは全く関係がない。

何も助けにならないときにはそれでもいいと思う。これも迷信と言ってもよいかもしれないが、土着の信仰が生活のなかに溶け込んでいるとも言えるだろう。

厳しい状況のなかに置かれているウクライナ人は、一人一人が神様と会話している。「神よ、どうしてこんなことになったのでしょうか。私たちは何も悪いことをしていません。ただ自分の国で幸せに暮らそうとしていただけなのに、どうして守ってくれなかったのですか。どうしてこ

のような試練を与えられたのですか。しかし、いつも近くで見守ってくれてありがとう。本当にすみません、こんな話をあなたにしてしまって。でもあなたにしか助けてもらえないから話しているのです。どうにかしてください、神様。私たちの上に傘（かさ）を開き、燃えているところからあなたの掌（てのひら）の上にすくい上げてください。お願いです。お年寄り、子ども、動物たちも。頼みます」と。だいたい皆、このように毎日神様と会話している。

ウクライナ東部の状況を報道するBBCニュースを見ていたら、後ろにいたおばあちゃんがミサイルが空を飛んでいるのに大声で、そして早口で祈りの言葉を叫んでいた。イギリス人の記者はどうして逃げないのかと目を丸くしていた。

こんな話もある。私の知人が息子たちと車で四六時間もかけてドイツまで避難したときのこと。到着前の最後の一時間半は彼女も疲れ切ってしまい、運転中に居眠りすることを恐れて、上の息子にお祈りでもするように頼んだ。その子が知っている祈りは一〇分ほどで終わってしまったが、母親を絶対に居眠りさせないために、いつものように神様との会話を始めた。無事に着くように頼み、守ってもらえるように大声で願っていた。一家は無事に到着できた。祈りが届いたと言えるし、心のなかにいる神様に守られたとも言える。

ただの会話だけでなく、実際に積極的に行動にも出ていることに感動する。そこには諺（ことわざ）でも表現されている古くからの知恵がある。「神様に祈ろうとしても、自分がただ寝ていたらダメです」。言い換えれば、神様には自分の手しかないということだ。またこんな諺もある。「神様に守られていても、本当は刀がコサックを守ってくれる」。これを読めば、ウクライナ人にとっての神様の定義がわかるだろうか。

（二〇二二年七月十四日）

女と男、そして子どもたちの戦争

女たちの戦争

戦争になったら女一人で何ができるかと考えて、友人は二〇一四年春にジムに通いはじめ、体を鍛えることに集中した。男性より体が小さい女性も、平時から自分自身と子どもたちを守るべきだと思ったようだ。体を鍛えたおかげで、少なくとも荷物と幼い子ども二人を抱えていても歩いて逃げるのに役立った、とあとで説明してくれた。

戦争のとき、とりわけ女性は命の危険にさらされるので避難の必要がある。避難先では新しい生活を立て直さなければならない。その過程では、精神的な不安とあらゆる危険な状況を乗り越えることになる。友人の話も二〇一四年の春に聞いたときには変わったことをすると思ったが、二〇二二年の冬にはよく思い出すようになった。コロナ禍の二年間、私は研究ばかりでジムへ通う時間が少なかったことを残念に思った。

八月にキーウに行った、日本人女性で記者をしている友人にも、「戦争のときに一人の女性に何ができるのか」と同じ質問をされたことがある。答えに詰まった。確かに戦争になったら、女性は男性の二倍ぐらいの危険を感じるようになる。見知らぬ男性が集まっている近くを通るだけで、危険を肌で感じる。

だが怖いときには余計に勇気が出る。この半年、いろいろな女性を見て感動した。自分で運転して家族をドイツまで避難させた四十代の母親。留学先のイギリスからウクライナに戻って、寝たきりの母親をイギリスに連れて行った三十代の独身女性。軍隊のために寄付を集める五十代のビジネスウーマン。軍隊のために潜伏用のネットを作る八十代の元数学教師。ボランティアでカウンセリングをする四十代の売れっ子心理学者など。軍隊に志願した女性も少なくない。学生や会社員が看護師、運転手、軍隊の広報員になって、一所懸命に頑張っている。街で最近見かけた広告には、「ウクライナには弱いジェンダーがない」というスローガンとともに、軍服を着た女性が写っているポスターもある。

体が弱くても、時には男性より精神的に強い女性も多いかもしれない。特に二十世紀を振り返ってみると、ウクライナでは男性がたくさん殺された歴史があるから、女一人でも自分の生活を成り立たせられるように、皆が学んできた。独立後の三〇年間、やっとそんなことを考えなくてもよい、女性を守る男性もいて、安心できる社会になった。そんなところに今回の戦争が始まった。

Ｋさんは外資系企業で働くバリバリのビジネスウーマンだったが、戦争が始まっても避難せず、夫や子どもとキーウに居続けた。列車のきっぷまで手配したのに、どうして避難しなかったのかと聞くと、夫がもともと精神的に弱く、独りにしたら気が滅入ってしまうかもしれない、だから避難をやめたという。「きっと戦争も早く終わるでしょう」と楽観的に語っていたが、八か月後の今もキーウにいる。

もちろん強い女性ばかりではない。戦争のとき、女性であるというだけで性的被害を受けることも少なくない。スロヴェニアからオーストリアに入る国境に看板が立っていて、黄色と青のウクライナカラーの背景の上に、「人身売買の対象になっている場合は合図してください」と書いてあった。なるほどと思った。被害者は直接申し出ることはできないかもしれないが、国境の職員に合図することはできる。イギリスに避難した友人も、入国のときの質問票に同じような項目があったと言っていた。そのときに緊急連絡先も教えてくれたという。「現代の奴隷」と呼ばれるものを防ぐためだ。それは確かに必要だと思う。この半年間、欧州のホテルやレストランのキッチンで、現地の人より安い給料で働いている避難民の女性をたくさん見た。

男たちの戦争

戦争が始まってから七〇日間以上も病院で寝泊まりしていた看護師の女性に、「どうして避難しなかったの？」と聞いたら、「ここで私が必要とされているから残った。避難先で何もしないで精神的に追い詰められてしまうより、ここにいたほうが合理的だから」という返事がきた。その気持ちもわからないではない。

ポーランドで乗ったタクシー運転手の六十代男性から、それと全く同じ話を聞いた。キーウで会社勤務していたのに加えて、街の中心部で駐車場を二つ経営してバリバリ働いていた。ポーランドの大学に通っている下の娘のところに家族と避難したが、ずっと家にいるとおかしくなりそうでタクシー運転手を始めたという。

男性も戦争で大変だ。必ずしも皆が戦う能力を持っているわけではない。戦争で家族がバラバラになったことも大変だ。男性にとっては特に厳しい選択の時代になった。軍隊に志願するか志願しないか、軍隊のために何ができるか、深く考えさせられる。二月二十四日以降、お金持ちの家の息子たちは結構多くが出国できたが、十八歳から六十歳までの一般の男性は国を出られない。皆が軍隊に呼び出される準備をしている。

国に留まっている男性は、皆重い責任を感じている。友人の男性から、「男性の政治家でこの七か月間で笑顔を見せた人は一人もいないことに気づいた?」と聞かれた。確かにそうだ。笑える時代ではない。

軍隊に志願した男性は大変だ。軍隊にいる期間は無期限で、戦争が終わるまで家に帰れる見込みがない。つい最近、軍隊に行ったあとで三人目の子どもが生まれた父親だけが家族の元に戻ることができるという法律ができた。二〇一四年に徴兵された経験のある二人の作家は、その「無期限」の修正を大統領に申し立てた。

まだ徴兵されていない人も、別の形で役立てるようにと頑張っている。若いときからオリエンテーリングが好きな歴史家の友人もその一人だ。キーウと北東部のハルキウのほぼ中間にあるポルタヴァ市の出身で、家族をポーランドに送ってから地元に戻って、一般市民向けの「地図を読む講座」を開いた。スマートフォンがつながらなくなっても避難できるようにするためだ。「YouTube（ユーチューブ）でオンライン講座にしたら？」と提案したら、「だめだめ。実家の周辺は変わった地形なので、それをそのまま敵に知らせてはいけない。顔を合わせたオフラインの講座しかやらない」と言われた。確かにそういう時代だ。平和なときと違って、地図そのものも「大事な一品」になってきた。

感情を表に出すことが少ないウクライナの男たちが、戦争になってから喜怒哀楽を表すようになったと思う。駅で家族を見送るとき、子どもと奥さんに手を振りながら涙を流す。家族を避難させて家に帰っても一人で眠れなくて、夜遅くまで軍隊のためにバラクラバ（目出し帽）を裁縫する。今月キーウにミサイルが落とされたとき、地下鉄駅に集まった人々のなかでおじいさんが泣いていたと教え子が言っていた。きっとキーウ駅近くのオフィスビルの破壊を目の当たりにして、許せない気持ちになったのだろう。

子どもたちの戦争

子どもたちはまだ幼くて、環境の変化にも柔軟に対応できるから、避難先で一番先に慣れて友達を作れるが、彼らも大変だ。

戦争が始まった後に描かれた子どもたちの絵を見ると、そこにはなかなか口にできない戦争への思いが見える。私の十一歳の甥（おい）がオーストリアに避難して初めての美術の授業で描いた絵を見せてもらったときには戸惑いを感じた。まず自分の手をデッサンし、そこから絵にするという課題だったようだ。一見したところ、黒い背景に描かれた鮮やかな鳥に見えた。しかしよく見ると、その「手・鳥」は叫んでいるか、助けを求めているかのように見える。「避難は怖かった？」と聞くと、無表情で「別に」としか答えない。でもその絵は全部がなんとなく怖いものに見える。甥の他の絵を見ると、戦車や武器、軍人、ウクライナの旗が出てくるものも少なくない。たくさんの怖い思いをしたウクライナの幼い子どもたちを守ってほしい。

父親たちは、妻と子どもを国外に送り出すために国境まで一緒に来ることが多い。国境での別れがまた辛い話になる。小さい子どもは「パパを離したくない」と泣きじゃくる。十一歳の甥は国境の職員に抱きついて「おじさん、お願いだからパパを通してください」と涙を流してお願いした。職員は冷たかった。母親に向かって「奥さん、子どもをどかしなさい」と言った。

それより小さい子はまだ状況がわからないから、「父親は一緒に行きたくないのだ」と勝手に思う。ハンガリーに避難した友人の五歳の子は、パパからかかってくる電話に出たがらない。

「どうしたの？」と聞くと、「パパは私たちを捨てたから話したくない」と言うので、皆びっくりした。小さな子どもの頭のなかがどうなっているかは謎（なぞ）だが、それなりに考えているのだ。

戦争が始まったとき、キーウ郊外の地下室に隠れていた知り合いの七歳の息子はその理由がわからなくて「どうしてプーチンは私たちを嫌うの？」と聞いたそうだ。どうしてでしょうね。答えはわからない。彼らはウクライナの領土が欲しいけれど、そこに住むウクライナ人はいらないからだ。

戦争は子どもの現実と夢だけではなく、遊びのなかにも入り込んだ。ウクライナの子どもは昔から家の前に大勢集まって遊ぶことが多かったが、それがなくなりつつある。しかし先日、友人の車が家に入るときに、七歳から十歳くらいの子どもたちのグループに止められた。どうも「ブロックポスト」という戦争ゲームをしていたらしく、顔も知っているのに、きちんとこの家の住人かどうか確認された。お互いに笑って通してもらったが、「戦争で子どものゲームも変わったなあ」と言っていた。やはり、そうなのだ。

女性、男性、子ども……。皆が自分を守りながら、この持ち込まれた戦争を嫌い、ウクライナの未来を祈り続けている。自分が立っている場所に花を咲かせるのではなく、戦う。戦争は嫌だが、戦わないといけない。戦わなかったら、ウクライナという国とウクライナ人が存在しなくなるからだ。

イタリアの作家ジャンニ・ロダーリの詩を最後に引用したい。「日中必要なことがある。遊ぶこと、学ぶこと、顔を洗うこと。そして一緒に食卓を囲み、みんなで歌いながら笑うこと。夜にも必要なことがある。目を閉じて眠ること。そして、すべて実現できるような夢を見ること。ただし、絶対ダメなものが一つある。明るい昼でも暗い夜でも、陸でも海でも、みんなに悲しみをもたらすもの。それは戦争だ」。

（二〇二二年十月二十七日）

戦争とスマホ

一日に何度もニュースを見ないと落ち着かない

コロナ禍が始まってからの二年間は、スマートフォン（スマホ）やパソコンを使う時間が増えた。ウクライナの子どもや学生も、オンライン授業になって画面と付き合う時間が急増した。教え子の何人かは大学院の修士課程のオンライン授業に飽きてしまい、加えて経済状況が悪化してお金を稼がないといけない厳しい現実に直面して、博士課程に進学するのをやめた。とても残念に思った。日本など漢字文化圏の人々に比べて一般にウクライナ人は視力がよいのだが、コロナ禍の間に大人も子どもも目を悪くして眼鏡をかける人が増えた。

戦争が始まってから、スマホの画面と付き合う時間が二倍ほどにさらに増えた。子どもも大人も老人も、毎朝起きて、ベッドからまだ起き上がらない状態で、恐る恐るニュースをチェックする。親戚や友人とメッセージを交換し、私もキーウのマンションや駐車場のチャットグループを確認して、やっとそれから起き出して顔を洗う。ベッドに入るときも同じことをする。日中にも何度も同じことをしている。

この七か月の間に、いろいろな国で出会ったさまざまな職業のウクライナ人から、同じ話を聞いた。スマホでニュースを見ないと落ち着かない。見なかったら何か大事なものを見逃すかもしれない。自分の国、首都のキーウが存在しているか、ミサイルで破壊されていないか。誰もがニュースを確認するのが大事な仕事になった。ニュースを読んでも何かできるわけでもないのだが、読まないと落ち着かないという。よくわかる。自分だけでは何の影響も与えることはできないが、ニュースを読むくらいなら毎日できる。

それは時間の無駄使いかもしれない。受け身的に怖い情報を受け取るだけで、ストレスになるばかりだ。コロナ禍になる前、ある友人は子どもがネットを使う時間を一日三〇分に制限した。その代わりに一緒にテーブルゲームをし、絵を描かせ、そして数学の勉強に力を入れた。コンテンツを消費する人ではなく、将来的にはコンテンツを作る人として育てたかったからだ。しかしスマホを使っている間は何もできない時間でもある。

高齢者も使いこなせるようになった

とにかくスマホと付き合う時間が増えすぎた。しかし、スマホを使わないようにするのは難しい。固定電話の時代とは違って、電話番号を覚える必要もなくなった。全てが入っている。家族や友人の連絡先、銀行、郵便局、地図、万歩計、天気予報、そして読みかけの本、言語を学ぶアプリ、ガソリンスタンドの会員カード、さらには世界と付き合うInstagram（インスタグラム）、Twitter（ツイッター）、Zoom（ズーム）、Facebook（フェイスブック）。タクシーや買い物のアプリも入っている。

ウクライナでは、コロナ禍になった二年前から全ての大事な書類、つまりパスポート、免許証、保険証書やワクチンパスポートなどがデジタル化して、スマホのアプリでひとつになったので、スマホはまさに命そのものだ。個人情報を盗まれるのではないかとデジタル化を嫌がった人もいたが、戦争になってからありがたみを感じるようになったようだ。国外に避難した人も、国を出るときに必要な書類がなくても、スマホ一つあれば全部確認できる。

デジタル化は他の分野でも進んでいた。役所の窓口に並ばずに、ネットやアプリで結婚届や離婚届、また出産届も出せるようになったので便利だ。

デジタル化が進むと、高齢者もこの流れに乗らざるをえなくなった。まずは新型コロナのワクチン。注射を受けるためにはネットで予約しなければならないが、当初は若い人が手伝ってくれた。だが戦争が始まってからは高齢者でもスマホを使いこなすようになった。

それまでは機械やＩＴが苦手で、スマホでも電話機能しか使わなかった七十歳や八十歳のおばあちゃんが、戦争が始まってからたった一か月で、避難先の外国でユーチューブを使ってウクライナのニュースを見るようになった。ウクライナの国営テレビ局はネットでもニュースを二四時間流しているのだ。以前はテレビのリモコンさえ使いたがらなかったのに、信じられないほどの成長だ。

元気な顔を家族に「写メール」で送れるようにもなった。私も母親から初めて写メールが届いたとき、一瞬スマホを盗まれたのではないかと思った。さっそく電話して確認したら、本人が送ったとわかって安心した。必要に応じて、あるいは命の危険を感じたら、物事を早く学べることがわかった。

周りに若い人がいるとさらに早く学べる。戦争になってから、子どもや孫のおかげでTikTok（ティックトック）やインスタグラムのような新しいメディアを使いはじめる高齢者が増えた。

ウクライナで有名なメラニアさんという八十四歳のおばあちゃんはその一人だ。孫がメラニアさんのためにアカウントを作成し、毎日情報発信するのを手伝っている。そのおかげでウクライナ全土で愛されるおばあちゃんになった。メラニアさんは生まれたときからずっとポーランド国境近くの村に住んでいる。子どものときに戦争を経験したが、まさかもう一度戦争が来るとは思わなかったという。歳をとって何もできないから、兵士たちのために大量の手作り水餃子を差し入れし、毎日SNS（ソーシャルメディア）でメッセージを発信するようになった。家事、庭仕事、日常生活を紹介している。おばあちゃんがいない、あるいは優しいおばあちゃんを知らない三十代や四十代、さらには五十代の人たちがフォローして、愛される存在になった。今、ティクトックで七〇万人のフォロワーがいる。

戦争下でもSNSでつながる

今の時代、SNSのおかげでよい意味でも悪い意味でもグローバル化され、情報を隠すことができなくなっている。インターネットさえあれば、どこにいても情報を発信することができる。しかも、フェイスブックやインスタグラムと違ってティックトックは大勢の人にすぐにメッセージを届けることができる。空襲警報で地下室に入っている人、軍隊にいる人、避難している人、また遠い外国にいる人が、一つの見えない糸でつながっている。

戦争が始まってから、SNSにも新しいトレンドが現れた。今まではほとんど発信しなかった軍人が政治家並みに活躍している。イーロン・マスク氏のスペースX社が運用する衛星システム「スターリンク」のおかげで、東部で戦っている兵士たちもずっとネットが使えて、家族ともつながっている。普通の投稿だけではなく、ウクライナの歌も全世界の人々と歌うために流れている。歌ったり踊ったりして敵をからかう人も少なくない。そしておもしろい情報だけでなく危険を避けるための重要な情報も、誰もが知ることができるようになった。二〇二二年三月にザポリージャ原発が襲われたとき、一人の市民ストリーマーがその映像を世界に流したので注目された。

戦争になってから、ウクライナの人たちはさまざまなチャットグループで情報交換するようになった。私のキーウのマンションもそうで、チャットで毎日情報が来る。開戦直後の二月末、高層のマンションは敵の空爆目標にされていたので、マンションの住人たちは屋上へ出る扉に鍵をかけ、一時間ごとに当番で確認していた。屋上の入口には小麦粉をまいて、誰かが歩いたらすぐわかるようにした。こんな方法はサスペンス小説で学んだのかなと思った。また、窓に緑や青のライトをつけていると空爆の目標にされるという情報が流れたときには、建物の窓を全部チェックし、そのような色の光が出ている家がないかを確認した。誰もが懸命なのだけれど、たまには間違うこともある。停電になったときに子ども部屋のナイトライトが勝手について大騒ぎしたこともあった。まあ、結果よければ全てよしだったが。

そうではないこともあった。五月のある日、突然チャットに「マンションの九階あたりで女の叫び声が聞こえる」というメッセージが入ってきた。二〇〇家族が住んでいたマンションには五家族しか残ってないので、皆どうしたのかなと気になって、とりあえず警察を呼んだ。警察官はちゃんと来たが、叫び声はもう聞こえないから帰っていった。その二時間後、チャットグループに叫んだ本人からの連絡があった。「騒がせてごめんなさい。先ほどマリウポリにいる家族が皆死んだという連絡が来たので気持ちを抑えられなかった……」。それを読んだだけでドキッとした。どう返事すればよいかがわからなくて戸惑った。

戦争が始まってから、ウクライナの有名なジャーナリストの何人かがテレグラムチャンネルを作り、新聞より早くいろいろな情報が流されるようになった。それ以外に毎日見るのが同級生のチャットや（皆元気かな？）、家と駐車場のチャット（大丈夫かな？）。それを確認するだけでも結構時間がとられて、毎日が忙しい。とにかく、この七か月間は新聞やテレビよりSNS、スマホのチャンネルからもらう情報のほうが早かった。

ここまで書いていて、昔のことをもう一つ思い出した。田舎からキーウに親戚のおばちゃんが来るとき、行き先の住所を書いたメモを必ずポケットに入れていたのを見せてもらったことがある。万が一、大都会で迷子になってもきちんとその住所に届けてもらうために。第二次世界大戦で両親と離れ離れになった子どもがいたことから広まったと聞いたが、まさかその時代がもう一度来ると思わなかった。こんなことを思い出したのは、ニュースを見ていたら、両親の携帯電話番号を背中に赤いペンで書かれて避難先に送られた子どもの映像が流れていたからだった。

スマホの危険性も

スマホは私たちを「救うもの」から、裏切って「危険にさらすもの」に簡単に変わる可能性もあることが、今回の戦争でよくわかった。記録されている情報や写真を見たら、その人の過去と現在が全部わかってしまうからだ。

ロシアの占領地域にいる人々がウクライナに帰るときに、スマホもいろいろ調べられたようだ。通話のみの機種を持っていた人が割とスムーズに帰れた一方、スマホだと保存されている情報を見られて、特にウクライナの国旗、民族衣装、軍人と撮った写真があると危険な目にあったという話も少なくない。

平和なときと戦争のときとではスマホの使い方が違うので、それまではチャットに投稿しても普通と思われた情報が、危ないものになる可能性がある。例えば、ツイッターやインスタグラムに写真を載せると、その写真ファイルに位置情報が入っていて簡単に場所が特定できるため、非常に危険な情報になる。常に電源が入っているスマホは電波を流しているので、簡単に居場所が知られてしまって危ないという話も聞いた。

いざというときにスマホが友達から敵に化けないよう、最近ウクライナのメディアは一般市民に戦争中のスマホの知識を学ばせている。

（二〇二二年十月七日）

2　ウクライナという国

一番近い国、ポーランド

ウクライナから見たポーランド

ウクライナはロシアとベラルーシ以外に、ポーランド、スロヴァキア、ルーマニア、モルドヴァと国境を接している。ロシアの侵攻後、隣の国々の対応はとても早かった。特にポーランドは積極的に動いてたくさん支援してくれたので、ウクライナ人は皆とても感謝している。

ポーランドと言えば、子どもの頃に読んだ旅と歴史の小説が思い浮かぶ。アルフレッド・シュクリャリスキーが書いたトメック君の連続冒険小説や、十六世紀にウクライナのコサック（農奴制を逃れて辺境地域に集落を形成した人々が起源で、武装し騎馬に長じた自治集団）と戦ったポーランドについて書いた、ゲンリック・センケビチの歴史小説『火と刀で』など。学生時代に見た、クシシュトフ・キェシロフスキ監督の『トリコロール／青の愛』『同／白の愛』『同／赤の愛』や『ふたりのベロニカ』などの映画もとても印象的だった。

国境を接する国なので、仲がよかったときもあれば、そうではないときもあった。ウクライナの一部がポーランド領になっていた時代や、コサックがポーランドの軍隊に雇われて働いたこともあった。お互いに複雑な気持ちを抱き、信用できない時代もあった。歴史的な視点から見れば簡単な関係ではなかったが、文化的な交流はずっと続いてきた。中世以来、西側のさまざまな文化や文物、知識がポーランド経由でウクライナに入ってきた。例えば、ポーランドの教育システムをモデルにして、コサックは子どもたちのためにカトリックの学校ではなく、モヒーラ・アカデミーという正教の学校を初めて作った。

冷戦時代には、キーウとワルシャワを往復する電車がいろいろなものを運んできた。ウクライナの六十〜七十歳代の人たちに大きな影響を与えたビートルズやロック音楽、ジーンズなどもポーランド経由で入ってきた。一九七〇年代から八〇年代にかけてはポーランドのソポット音楽祭がウクライナのテレビでよく放送されていたので、この頃に流行した音楽はポーランドから流れてきたとも言えるだろう。

もちろん、文化的な面だけでなく、政治的な影響もあった。特に一九八〇年代には、ポーランドの民主化運動「連帯」の成功例を見て、のちにウクライナの独立にもつながる市民運動「ナロドニーイ・ルーフ」が生まれた。

ソ連が崩壊したとき、ウクライナ経済は物価急騰と品不足で大変な状況だったから、バスでポーランドの市場まで行って、カメラやソ連製の電気製品などを売り、代わりに買ってきた衣類をウクライナの市場で売って稼いでいた人も少なくなかった。ポーランドは社会主義を早く離れて経済成長を果たし、ウクライナより豊かになるのも早かった。そうした魅力から、特にこの一〇年以上、ポーランド語は人気がある。多くの学校にポーランド語学科ができて、ウクライナからポーランドへの留学生も増えた。

近代以前のポーランドは大きな王国で、ウクライナもその領土の一部だった時期もあるので、ポーランド人は歴史的にウクライナのことを「上から目線」で見ることもあった。しかし時代や場所が異なれば、ウクライナ人とポーランド人が協力しあった例も少なくなかった。そのなかの一つが、遠く離れた一九三〇年代の満洲だった。そこには、第一次世界大戦とロシア革命で追いやられたウクライナ人とポーランド人が、ともに少数民族として手を合わせて戦い、プロメテウスというソ連解体を願う組織を作っていた。

移住先としてのポーランド

ポーランドの世論調査に基づいた研究を見ると、二〇〇四年のオレンジ革命（大統領選挙で与党候補ヤヌコヴィチが当選したものの、与党側の選挙不正が明らかになって大規模な抗議運動が起こり、再投票の結果、野党候補ユシチェンコが勝利した）まで、ウクライナに対する思いはさまざまである。例えば、第二次世界大戦中にヴォルィーニで多数のポーランド人が殺害されたこと、一九九〇年代に経済が落ち込んだウクライナからヘルパー、ベビーシッター、建設業者等の出稼ぎ労働者が増えたことは、ウクライナのイメージに悪影響を与えることになった。しかし、そのときの回答には「ロシア人、ウクライナ人、ベラルーシ人の区別がつかない」というものが多かった。ポーランド人からは皆「ロシア人」と思われていたようだ。

ウクライナはソ連の一部だった一方、ポーランドは独立の歴史が長かった。社会主義を離れたときに、多くのポーランド人は職を求めてドイツやフランス、イギリスに渡った。同じように、ウクライナが独立して最初の一〇年ほど、ウクライナ人はよくポーランドに出稼ぎに行った。

ともに経済状況が少しずつ上向くにつれて両国の関係も改善し、文化的なイベントを共催することもあった。二〇一二年にサッカーのUEFA欧州選手権をウクライナとポーランドが共催したのをきっかけに、両国が近づいたとも言われている。行き来しやすいので観光業が盛んになり、ウクライナにはポーランドからの旅行者も増えた。観光が盛んになるとその国について知ることもたくさん増えて、相互理解につながる。

二〇一四年にウクライナ東部で戦争が始まってから、安全を求めて多くの人々がポーランドに移住することになった。一つの国だった時代もあるので、特に西ウクライナには、家族史をさかのぼれば、例えば祖父がポーランド人だったという人も少なくない。ポーランドにルーツがあると証明できれば、ポーランドの在留許可がとれる。

このことはとりわけ大学生には魅力的だった。ポーランドの大学を出ればヨーロッパのどこでも働ける。学費もウクライナとほぼ変わらないのに、さまざまな可能性を切り開けるので魅力的なのだ。子どもの将来を考えて、ポーランドの大学を選んだ親も少なくなかった。私の幼なじみの友人の娘もワルシャワで国際関係を学び、次にアメリカに留学した。ポーランドの生活費はウクライナより少しだけ高いが、給料も高く、社会も安全で、質の高い食品がたくさんある。他にも、ウクライナの大学で少し勉強してからポーランドの大学へ移って卒業し、ポーランドのコンサルタント会社、学校、博物館などに就職した教え子もいる。

家族の安全と将来を考えて、ポーランドを移住先と考える人もいる。リヴィウに住む実業家の女性の友人は、二〇一四年にウクライナでの三つの事業を売却してポーランドに移った。周囲は自分のビジネスの拡大と一人娘の教育を考えているのかと思ったが、実はそれ以外にも理由があった。東部で戦争が始まり、愛する精神科医の夫が軍隊に取られるのではないかという不安があったからだ。コロナ禍が始まるまでの六年のうちに、彼女はポーランドとスロヴァキアで自分のビジネスを再開し、夫も個人治療院を続けている。

ポーランドでは、ワルシャワや南部のクラクフでタクシーを呼ぶと、運転手はウクライナ人が多い。話を聞くと、まさに現代のポーランドとウクライナの人の移動について勉強できる。

クラクフで運転手をしているイワンさんはリヴィウ州出身で、ハルキウで勉強し八年間生活してから、二〇一四年にポーランドへの移住を決めた。理由は一つで、個人経営の会社の手続きが簡単で、申請の際に賄賂(わいろ)もいらない、税金さえきちんと払えば何の問題も起きないからだという。

ポーランドの法科大学院に通っているロマンさんも、同じ理由で四年前にワルシャワに移った。

トラックの運転手のペトロさんもほぼ同じ理由。きちんと仕事をすれば家族を養えるし、安定した将来を築くことができると思っている。舞台と映画の仕事をしている俳優のオリガさんも、フリーで働く芸術家にとってはウクライナより環境がよいと言っていた。キーウ大学の歴史学部を出た私の教え子も、ポーランドの大学院で勉強して博士号を取り、今はポーランドの大学で教えている。ウクライナと違って大学の給料だけで生活が成り立つそうだ。ここまで紹介したのはロシアの侵攻前にポーランドに移った人たちだ。

戦争が始まってから

二〇二二年二月二十四日にロシアの侵攻が始まってからは、ポーランドは国境のゲートを開け、ウクライナ人にとって「救いの場」となった。一九三九年秋にナチス・ドイツとソ連に占領された経験があるポーランドは、ウクライナに対して深く同情してくれた。ポーランドの国境にウクライナ人が多く集まっている写真や、まだ寒さの厳しい季節だったので駅で紅茶とパンを配っているポーランド人と涙を流して受け取るウクライナ人の写真を見て、私も感動した。友人も、ハルキウからきた病気の母親を出迎えてくれたポーランド人のボランティアの優しさに感激していた。

ワルシャワをはじめいくつかの街にシェルターが作られ、今でもそこでたくさんのウクライナ人が帰国への希望を持って暮らしている。仕事を見つけて頑張っているウクライナ人も多い。例えば、ワルシャワ駅近くにあるマリオットホテルの接客スタッフの半分以上が若いウクライナ人だ。ワルシャワとクラクフのホテルの料理人にもウクライナ人女性が多かった。ポーランド語で「ジェンクユー（ありがとう）」と言ったら、ウクライナ語で「ジャークユー」と返ってきた。美容院、ネイルサロンのスタッフにも、そしてコンビニのレジにも。多くの避難民はポーランド政府が支給する一回あたり約一〇〇ドルの生活手当をもらうのではなく、すぐに仕事を見つけ、貯金を崩しながら暮らしている。

侵攻が始まってから、ポーランドに移ったウクライナ人は五〇〇万人を超える。二〇二一年夏の統計によると、それ以前から約一五〇万人の出稼ぎ労働者がいるという。大変な数字である。

歴史的に複雑だった両国の関係が、この大きな不幸のせいで改善されるとは誰も思っていなかった。ポーランドにとっては、ウクライナが「よくわからない隣国」から「何となくわかる国」に変わった。言語や文化への関心も高まった。

先ほども紹介した俳優のオリガさんは、ポーランド人向けにウクライナ語の個人レッスンも行っていて、三人の教え子がいる。それは三十〜四十歳代の新聞記者と研究者とビジネスマン。これまで、ポーランド人はウクライナ人とロシア人とベラルーシ人のことを全部「ロシア人」だと思っていたが、そうではないことがわかったし、両国の言語の近さにお互いに驚いたという。ポーランドのスーパーマーケットでは、ウクライナ語で話してもそのまま買い物ができてしまうという。

多くのウクライナ人は、ほとんど何も持たないで逃げてきたので、たくさんではないけれど買い物もすることになる。だからポーランドの消費経済に貢献しているとも言える。そして、キーウにあった外資系企業の事務所の多くがワルシャワに移った。事務所の家賃が高くなったことは確かで、給与水準ももともと高かったがポーランドの生活レベルにあわせて調整されたらしい。

国外に避難したウクライナ人は、物質的な買い物よりも体験型の消費に使うお金のほうが多い。ロシアの侵攻から命からがら逃げてきて家族の絆をあらためて実感し、家族旅行などの機会を増やしている。持ち物を全部ウクライナに残してこなければならなかったので、これからは物質的なものを集めるのではなく、幸せな思い出をたくさん作るべきだと確信した。戦争から逃げてきた人の心を癒すのは「物」ではないのだ。

ポーランドの政治家もこの八か月間にウクライナを何度も訪問した。二〇二二年五月、アンジェイ・ドゥダ大統領は、ウクライナ国会での演説を「ウクライナの兄弟の皆さん、こんにちは」という言葉から始めた。そして「ポーランドに避難した親戚や親たち、子どもたちは、私たちの国では難民ではありません。彼らは私たちのゲストです。ポーランドでは安全です」と言ってくれたのは心温まることだった。

国境にあるジェシュフという街は「ウクライナ人を救った街」と呼ばれるようになった。多くのウクライナ人がここを経由して避難できたから。

ワルシャワとキーウ、クラクフとリヴィウを比べてみると、結構似ているところがある。緑が多くて、古い建築が多く残っているが、新しい建物もある。街並みも似ているのでなじみやすいかもしれない。ポーランドの人々は本当に温かく受け入れてくれた。もちろん、なかには外国人がたくさん来たことに対して不満を抱いている人もいるだろう。不満のある人はどこにでもいるものだ。戦争でガス代や電気代が高くなったと言われるかもしれない。戦争はヨーロッパにも大きな経済的、精神的な影響を与えている。しかし命を救われ、ポーランドに温かく受け入れられたことを、ウクライナ人は一生忘れず、これからさらによい関係を築くだろう。

十一月十五日に国境近くにあるポーランドの村にミサイルが落とされて二人の命が失われた。ニュースを聞いて心が痛む。ウクライナとポーランドのことをずっと考えている。

（二〇二二年十一月十八日）

ウクライナの二つの海

私の二冊の日本語の著書を出してくれている群像社という出版社には「群像社　友の会」という読者の会費で成り立っている会があって、その会員向けに年二回、A3で四ページの『群』という通信を出している。二〇二二年七月で六〇号（まる三〇年！）となる記念すべき号で、ウクライナに関する四つの質問を受けた。その一問目は「「黒海」はなぜ「黒い海」と呼ばれるのでしょうか。黒海、アゾフ海はウクライナにとってどんな海でしょうか」というものだった。このエッセイはその一部を加筆修正したものである。

「黒海」の起源

日本には七月に「海の日」という休日があり、さすが海に囲まれた国だと思う。ウクライナには黒海とアゾフ海という二つの海があることはあまり知られていないかもしれない。日本の友人には「黒海は本当に黒いの？」とよく聞かれる。また名前の由来と黒海への思いについても。

黒海はさまざまな時代に、さまざまな国で異なる名前で呼ばれていた。ギリシャ人には紀元前八世紀から知られていた。哲学者セネカは「スキタイの海」と呼んだ。ヘロドトスの『歴史』では「北の海」と呼ばれている。

地理学者で歴史家のストラボンによれば、この海はギリシャの入植者によって「黒い海」と名付けられた。ここで嵐や霧によって遭難する船もあったし、敵対的なスキタイ人やタウロイ人が住む、未知で未開の沿岸だったからだ。そこで彼らは野蛮な見知らぬ人が住む海にふさわしい名前を付けた――「人を寄せ付けない海」または「黒い海」と。しかし、ギリシャの入植以降、紀元前六世紀からは「もてなしのよい海」と呼ばれるようになった。

ヨーロッパではギリシャやビザンツ帝国の伝統が強かったので、十八世紀までの地図では「もてなしのよい海」と呼ばれつづけていた。

一方、十二世紀に書かれた古代スラヴの年代記『過ぎし年月の物語』では「キーウ公国（ルーシ）の海」と呼ばれ、コサックの時代には「コサックの海」も呼ばれたこともある。また海の部分は「キメリア海」とも呼ばれていた。

「黒海」という名前の由来には諸説あって、どれが正しいのかは不明である。トルコ語に由来したという説もあって、トルコ語では「黒の海」と呼ばれる。トルコ系の民族には方角を色で示す伝統があり、黒は北を意味した。「黒の海」は北にある海という意味になる。その名前を使っている人は今でもいる。ちなみに南を示す色は白で、地中海は「白い海」と呼ばれている。だが

「黒海」と呼ばれるようになったのがトルコからの影響なのかは不明である。

黒海は、ウクライナ、ルーマニア、ブルガリア、ロシア、トルコ、ジョージアの海岸を洗っている。最大深度は二二一〇メートルで、面積は四二万二〇〇〇平方キロメートル。そして一五〇〜二〇〇メートルの深さの水は硫化水素が多く、場合によっては火事になる可能性もある。船員たちは、この海を旅した後、船の錨やその他の金属部分が黒くなったことに気づき、海を「黒」と呼んだ。黒海では主な海流は海岸に沿って反時計回りに流れていて、そこからの二つの支流が海の真ん中で北から南にねじれて合流する。十九世紀にイギリス船の乗組員はオデーサからイスタンブールまで海流に乗って帆を上げずに行き交ったらしい。海底には、ムール貝やカキ、そして極東からの船によって運ばれた貝もいる。またこの海は一〇〇年あたり二〇〜二五センチメートルの速度で広がっているという。

バイロンの長編詩『ドン・ジュアン』のなかで、黒海はヨーロッパとアジアの間にある海と書かれ、またフランスのルイ一四世時代の植物学者のジョセフ・ピトン・ド・トゥルヌフォールは「古代の人が何を言ったとしても、黒海には黒いものは何もない」とも言っていた。そしてソ連時代の大衆歌には「最も青い黒海」という歌詞もある。「チョロノモーレツィ（黒海人）」というサッカークラブもある。

第二次世界大戦前のことだが、「大陸政治」とは別に、海の視点から考える特殊な政治コンセプトがウクライナで生まれたことがある。オデーサ出身の医者、政治評論家、詩人でもあったユーリイ・リーパが提起した「黒海論」である。それによれば、黒海周辺の国家は一つの政治ブロックを形成し、そのリーダーはウクライナであるべきだとある。そこでは、「黒海は黒海周辺の国家にとって経済的、精神的な土台になるものである。黒海は命に関わる空間である。そして面積、資源や人のエネルギーの多さを考えると、ウクライナにとって黒海周辺の国々のなかで黒海をうまく利用する上で先頭に立つべき国である。それゆえウクライナ外交において「黒海論」は優先すべきものである」と述べていた。

もう一つの海、アゾフ海

ウクライナのもう一つの海、アゾフ海は世界に六三あるという海のなかで最も小さくて内陸にある。ウクライナでは「子ども用の海」とも呼ばれている。アゾフ海は世界で最も浅く、水深は一三・五メートルを超えない。夏には二八〜三〇度くらいの海温になる。古代ギリシャ人は海とは考えず、メオティアン湖と呼び、ローマ人はマエオティアン沼地と呼び、スキタイ人はカラチュラック(リブネ)海、アラブの人々は「濃い青の海」と呼んだ。現在のトルコ語でも「濃い青の海」と言っている。

スラヴの歴史上の記録では、一三八九年に最初にこの海をアゾフと名付けている。アゾフという都市が海の名前の由来という説がある。アゾフ地方はギリシャ時代にはボスポロス王国の植民地で、十〜十二世紀にはトムタラカン公国、そして十三世紀にはジョチ・ウルス(キプチャク・

ハン国、金帳汗国）の一部になり、その次にクリミア・ハン国（オスマン帝国の家臣）の領土になった時代がある。そしてコサックたちも一六九五〜九六年頃にここまで戦いに来ていた。ウクライナの民族歌謡には『アゾフの町でトルコの逮捕から逃げた三人兄弟』というコサックの伝統的な歌もある。

十八世紀には露土戦争の結果、ここはロシア帝国のものになった。ちなみに、トルコ語の「アザン」には「下のもの」、チェルケス語の「ウゼフ」には「口」や「河口」という意味もあるという。ウクライナではアゾフとオゾフという名前を両方とも使っていた。ソ連初期の一九二九年の地図ではウクライナ語でオゾフ海となっている。

一六〇〇年代以降、アゾフ海では多くの軍事紛争が発生し、ロシア軍に対するイギリスとフランスの同盟国の参加により、クリミア戦争（一八五三〜五六年）という大規模な戦いも行われた。アゾフ海はある意味ではウクライナのなかのアジアでもある。黒海とつながる、最長でも四キロメートルほどの狭いケルチ海峡は、地理的にヨーロッパに位置するケルチ半島と、アジアと位置づけられるタマン半島を隔てている。海峡の真ん中には、ウクライナに属するトゥーズラ島がある。一九二五年までは小さな半島だったが、つながっていた部分が嵐で崩れて島になった。ウクライナには長さ六・五キロメートル、幅五〇〇メートルの小さなアジアの領土がついてきたとも言える。そこには「腐った海」と呼ばれるシワーシ池があり、健康によい泥を利用したサナトリウム（結核等の長期療養所）がいくつも建てられている。

山が少なく平坦なウクライナには海が二つあり、それが国の地理だけでなく歴史にも大きな影響を与えてきたことを、海に対して特別な思いを持っている日本で知られてないことを残念に思う。

（二〇二二年七月三十一日）

ウクライナ人のトラウマ

歴史のなかの負の記憶

子どもの頃からおばあちゃんに、「戦争さえなければよい」とよく言われていた。けれども私は平和ボケで、「何を言っているの」としか思わなかった。戦争ってどこか遠いところにあるもの、自分とは全く関係ないものだと思い込んでいた。

戦争になって六か月が過ぎた。戦争が始まった二月には「夏までに終わるだろう」と皆期待していた。歴史家の友人から四月頃に、「第二世界大戦が始まったとき、皆クリスマスまでに終わるだろうと言っていたのと一緒かもしれない（実際には六年も続いた）」と言われて、「何を言っているの」と思ったけれど。

ウクライナ人にとって第二次世界大戦のトラウマ（負の記憶）は何か。いろいろある。まずキーウに侵攻してきたドイツ軍が二年以上占領していた。戦争で父親や家を失った人が多く、残された家族はドイツに安い労働力として連れていかれた。また穀倉地帯で肥沃なウクライナの土まで奪われてドイツに運ばれた。キーウではユダヤ人を含むたくさんの人が殺された。第二次世界大戦では七〇〇以上の町と二万八〇〇〇以上の村が完全に破壊された。軍人と一般人合わせて八〇〇万〜一〇〇〇万人のウクライナ人が亡くなった。それは当時のウクライナの人口の四分の一にも達していて、軍人と同数の一般人が亡くなったという。戦後、結婚する相手がいなくて苦しんだ世代もあった、などなど。

ドイツに長く占領されていたので、高齢者はドイツ語に抵抗感がある。戦後のソ連の戦争映画もドイツ人の誤ったイメージを作った。映画のなかには「止まれ」「手を上げろ」「早くしろ」「牛乳と卵をくれ」など特殊なドイツ語しか出てこなかった。ソ連時代の子どもは皆、それくらいのドイツ語なら理解できた。私も学生時代にドイツを旅行したとき、駅で警察官に「パスポートを見せなさい」と言われて体が凍り付いたことがある。笑うか泣くかどうすればいいのかわからなかった。今回、ドイツへ避難して半年経っても、ドイツの言葉や生活、ルールの厳しさに慣れなくてキーウに帰る人もいる。

ウクライナ人はそもそもトラウマが多い国民である。一九一八年にウクライナ共和国が独立したのに長続きせず、自分の国を持てなかったトラウマ。一九三二〜三三年の人為的に作られた飢饉（ホロドモール）。第二次世界大戦で配偶者を失った多数の未亡人、父親を知らないまま育った戦前生まれの子ども。またチョルノービリ事故の被害。そして、今回の戦争で避難民になった人、またイルピンやブチャ虐殺だ。何という不幸な運命だろうとしか思えない。このようなことが続くので、ウクライナでは、いくら頑張っても何か余計な力が必ず邪魔をする、という迷信が歴史的な環境から自然に生まれてきた。これも自然にできたトラウマと言えるだろう。ウクライナ語の諺に「邪魔さえしなければ、助けなんていらない」というものがある。

社会や家族のトラウマが私にもつながる

経済学者によれば、飢饉があった地域となかった地域とを比べると、ビジネスに対する思いや意欲が違うそうだ。やはり、国、地域、個人の経験がつながっている。外から圧力をかけられ自分で自分の運命を決められなかった時代がトラウマとなって、社会の記憶になる。飢饉を直接経験せずその何十年後に生まれた私でも、おばあちゃんたちが食卓に残ったパンを片付けながら食べている姿を見るとやはり気になる。

私は研究者なので、さまざまな事柄に学問的アプローチをしているが、やはりいざとなったら、体のなかに染み込んだ歴史的なトラウマが前に出て体を動かすということを実感した。

一つは、二〇二〇年三月のことだった。世界にコロナ禍の時代が来たとき、私はアメリカにいた。近くのスーパーマーケットに出掛けていろいろな食料を買ったが、よく見たら普通はあまり買わないものが多かった。例えばコンデンスミルクが四缶。考えてみたら、私が高校生の頃はソ連の終わりの時代で、あまりよいお菓子がなく、どこの家にも必ずコンデンスミルクの缶があった。長持ちするし、死ぬほど甘いし、甘いものが欲しくなったら簡単に使える。今は食べることもないのに、あのときは無意識的に買ってしまったのだ。これには自分でもびっくりした。また、それまでは食料が家にあるかほとんど気にしなかったが、それ以後は食べ物がなくなったらどうするかと、ものすごく心配していた。最初の一週間は毎日料理を作っていたのを覚えている。

もう一つは私の家族のトラウマである。大学中退の父、また「家はどこ？」の節でも少し書いたように、卒業証明書をなくした祖父がいたので、学問関係の書類をきちんと持っておくべきだと家族皆が思っていた。

第二次世界大戦後、子どもを抱えた若き未亡人の祖母が再婚した。夫のグリゴーリイさんには結婚歴があった。徴兵に応じたとき、卒業証明書などはもちろん持っていかなかった。戦争から帰ってくると、前の妻が生活に苦労したため彼の卒業証明書を売ってしまったことがわかった。けれども大学の資料館が全部燃えてしまい、教育を受けた証拠がなくて証明書を再発行してもらえなかった。戦後は鉄道会社に就職し、長い間仕事で全国を回ってきた。まだ幼い私はいろいろな場所のお土産話を聞くのが楽しみだったが、学歴を証明できるものがあったらキーウで仕事ができたのに、という話が必ず出てきた。

私の研究テーマの一つはウクライナのディアスポラ（移民）である。資料を読んでいると、身分証明書を持っていない人がどれだけひどい目にあったかがわかるが、祖父もまたその一人だったのだ。

二〇二二年二月にヨーロッパに出かけるとき、大学の卒業証書や博士の学位の書類など、全ての書類を整理したファイルを震える手で旅行カバンに入れた。ロシアの侵攻の二週間前のことだった。

実は、戦争が始まる前の一月初め、私の家族史を十七世紀までさかのぼれる資料がチェルニヒウ歴史資料館にあることがわかった。けれども三月に空爆があって燃えてしまったというのだ。資料館や博物館、一般の家が空爆されている状況をニュースで見て、ウクライナの歴史をそのまま消してしまおうとしている攻撃者のモチベーションについて考えざるをえなかった。自分の味方にならない人は、家族の歴史も含めて皆存在しなくてもいいという考え方が怖い。

再び刻まれたトラウマ

ウクライナ人は今までたくさんの辛い経験をさせられている。だが、トラウマに対する思いや受け止め方はさまざまだろう。トラウマがあったということ自体をあまり気にしない人、自分がなぜこんな可哀想な目にあったのかという被害者意識を持つ人、そしてトラウマとじっくり向き合いながら、そのなかにも自分が成長する契機があったと受け止める人。

独立後のこの三〇年間、ウクライナの人々は自分の国で普通に生活し、今までの歴史的なトラウマを乗り越えるために頑張っていた。一九八六年にチョルノービリ事故が起きた後に、各家族のレベルではあまりその話をしなかったのも、そのトラウマをどうすればいいかがわからなかったからだろう。しかし、国全体として見れば、飢饉などの悲惨な出来事がきちんと歴史教科書に載り、言論や表現の自由が保障されてマスコミでも文学でも語り合うことができて、資料館や博物館などの施設も建てられ、十一月の第四土曜日は記念日になった。

やっと過去のトラウマを乗り越えつつあると思っていたところに、今回のロシアの侵攻で新たなトラウマが増えた。それは何かというと、「戦争」そのもののトラウマ、戦争から国外に避難したトラウマや罪悪感などだ。現場からの悲劇的な写真や映像を見てショックを受けた人も少なくない。目撃者のトラウマと言ってもよいかもしれない。そしてそれはウクライナ人だけではない。戦争のニュースは国際的に報道されているので、世界的にもショックを受けて寝られない人もいる。

また国外に避難して戦争の現場から離れていても、日常生活のなかでトラウマが出てくる可能性もある。それは例えば、第二次世界大戦でウクライナ人が安い労働力としてドイツに送られたときの、体のなかに眠っているトラウマである。

友人の一家がハンガリーに避難して二週間後、家を貸してくれた人が親切心から「温室で仕事をしませんか」と聞いてきたのだが、高齢の母親はそれを聞いて泣き出したという。「どうしてこの歳になって私は温室で植物の雑草を抜く作業を一時間五ユーロでしなければならないのか」と泣きながら話したそうだ。勧めたほうは、植物の世話をすれば心の慰めになるのではないかという善意だったそうだ。一方、彼女のほうは子どもの頃、戦争で周りの人がドイツに安い労働力として連れて行かれたことがあったので、同じように使われるのではないかと思ったらしい。これは単なるディスコミュニケーションなのか、それとも過去の歴史のトラウマの影響なのか。

今回のロシア侵攻で、このような過去の大変な思い出が多くの人によみがえってきたようだ。私の母も、空爆のサイレンで急に一つ思い出したようだ。それは第二次世界大戦が始まった当時、五歳にもならない母が防空壕に女性と子どもばかりで隠れたときの思い出だった。そこは祖母(母の母)が庭に掘ったものだった。これまで一度も聞いたことがない話だった。防空壕のなかで祖母はご飯を作って運び、土を掘って作った棚にアルミの食器とスプーンを置いた。ところが、空爆のドンという音で食器が下に落ちて、ガチャンという音を立てたという。今回のサイレンで、その音がいきなり頭のなかに浮かんできたようだった。その話を聞いて、人間には言葉以外にも覚える手段がさまざまにあって、はるか昔の記憶が急によみがえることがあると実感した。

やっと少しずつ克服しつつあったトラウマだらけのウクライナ人の心が、今回のロシアの侵攻で再びダメージを受けた。その回復には想像もつかないほど長い時間がかかるのだろう。一つ言えるのは、独立後の平和な時代のウクライナにとって、「ソ連時代」あるいはロシアとの今までの付き合いがどういうものだったのか、しっかり話し合う時間が足りなかったような気がする、ということだ。今回のロシアの侵攻以来、国のレベルだけでなく個人のレベルでもそれを見直すことが大きな課題になっていると思う。

(二〇二二年九月一日)

移民の歴史

研究テーマが自分の現実に

私は七～八年前から極東アジアにおけるウクライナ人運動史、移民史を研究している。ウクライナやアメリカ、日本の資料館で調べながら、一八七〇年から一九四五年まで、ウクライナ人がアジアでどのように暮らし、文化活動を営んでいたのかに注目した。特にコロナ禍のこの三年間は、アメリカで集めた資料をキーウで読んでいると、身分証明書もなく、移民先でひどい目にあった人々の苦しみが自分のことのように感じられた。

「二月二十四日」以前は、まさか自分の研究テーマが私自身の現実になるとは夢にも思っていなかった。私も避難先の警察へ行って新しい身分証明書の発行を申し込み、指紋を取られた。研究者としての身分と自尊心を取り戻すために必死だった。心ない言葉を投げつけられたりひどい目にあったりしたこともあった。研究で知った史実を自分の肌で感じることになった。

一九四五年の上海では、難民が食料券をもらうためには役人の家庭訪問が必要だった。家に猫がいると「お金持ち」と見なされて食料券をもらえなかった。二〇二二年の春も、犬や猫を連れて避難するウクライナ人が多かったが、それでは住むところがなかなか見つからない。やはり「お金持ち」と見なされることもあったようだ。この歴史的な符合を不思議に思った。ウクライナでは動物は家族の一員だから捨てられないという人が多いが、周囲の圧力に負けて手放した人もいる。

歴史をさかのぼると、ウクライナから国外への移民の波は四回あった。目的はさまざまだ。第一波は一八七〇年代半ばから第一次世界大戦までで、西ウクライナの農民や労働者がカナダ、アメリカ、そしてブラジルへ出稼ぎに行った。この時期に小作農制度が廃止された結果、極東開発に向かう人々も少なくなかった。オーストラリア、ニュージーランド、ハワイに移り住んだ人もいた。

第二波は第一次世界大戦と第二次世界大戦の間の時期で、社会的・政治的な理由が大きかった。ソ連政権下で暮らしたくない人が移動したと言ってもいいかもしれない。ポーランド、チェコ、ルーマニア、フランス、ドイツ、アメリカやカナダなどに行く人が多かった。

第三波は第二次世界大戦が終わるころに始まった。元軍人や、ナチスによって肉体労働のために無理矢理ドイツに連れて行かれた人たち、戦争で難民になった人々など。この人たちの移民先はアメリカ、カナダ、ブラジル、アルゼンチン、オーストラリアなどだった。このときアジアにいたウクライナ人移民のなかにもアメリカ、南米、オーストラリアへ移った人がいた。

第四波はソ連崩壊のころで、経済的な理由によるものだった。特に目立ったのは西ウクライナからアメリカ、ヨーロッパ（ポーランド、ポルトガル、イタリアなど）への移民で、女性はヘルパー、ベビーシッターとして、男性は建設労働者として働いた。ロシアにも多くの出稼ぎ労働者がいた。なお、二〇一四年に東部で始まった戦争とクリミア併合で、ポーランドをはじめ外国に移り住んだ人も少なくないが、それは特に「移民の波」とはされていない。

だが、今回の軍事侵攻以降、移民の五回目の波が生じたと指摘する研究者は少なくない。まだ確実な統計ではないが、二〇二二年二月以来、一二〇〇万人が国外に出たというものもある。戦争が長引くと、このうちどれくらいの人が帰ってくるかはわからない。いずれにせよ人口が四三〇〇万人のウクライナにとって大きな数であることは間違いない。

今回、国外で避難民になったウクライナ人は、それ以前の移民と全く同じ経験をしている。持ち物はほとんどなく、身分証明書もきちんと持っていなくて、子どもや動物を抱えて新しい住居を必死に探す。言葉の壁もあって新しい社会に溶け込むのに時間がかかるので、とりあえずウクライナ人同士で固まってコミュニティーを作ることも多い。ＳＮＳが進んでいる時代なので、新しい町でも簡単につながって情報交換し、「歌う会」「靴下を編む会」、そして避難民や軍人を支援するボランティアの会などができる。国外に避難したのは女性と子どもがほとんどなので、「女性の会」が多い。

生活環境から生まれる習慣

ところで、ウクライナ女性はきれいな身なりをしているので、避難民に見えないという意見があるらしい。私の日本人の友人が取材でイタリアに行ったとき、ローマのタクシー運転手が言っていたそうだ。「ウクライナ女性は服装や美容に力を入れているので、今まで見てきたような避難民には見えない」と。コロナ禍で皆家では運動着姿になってしまっても、化粧はするし、服装にもそれなりに注意を払っている。あまり私物が持てなかったソ連時代には、どこに出かけても服装で判断されて扱いが変わることが多かったので、ドレスアップしていた習慣が今でも残っているのだ。

それを聞いて、別の日本の知人から聞いた話を思い出した。キーウで出会ったある会社の若い社長は、ヘアスタイルや服装をきっちり整えていて、男性誌に登場するモデルのような人だった。聞いてみると、幼いころに経済的にあまり恵まれなかったので、「だらしない」と言われないように気を付けるようになったという。

過去のトラウマからいろいろな生活習慣が生まれるのだ。ヨーロッパのある避難所では、所持品はほとんどないのにルイ・ヴィトンのかばんを持っている女性がいたので、関係者は驚いたという。

ウクライナ人は外出するとき、避難するときにもきちんとした恰好をするのだが、実はドレスアップする国とドレスダウンする国があるようだ。南米では逆の見方があるということを、二〇一六年にブラジルに行ったときにはじめて気づいた。お金を持っているように見えると狙われてしまうので、わざと質素な身なりをするらしいのだ。

一〇年以上のつきあいがある二人のイギリスの友人の一家が、実は避難民だったと今回はじめて知った。一人はお父さんが一九五〇年代にエジプトから避難してきたそうで、もう一人は祖父がユダヤ系で、二十世紀初めに移ってきたという。これまでは一度もそのような話をすることがなかったが、今回の軍事侵攻でその記憶がよみがえってきたようだ。「そのときは見ず知らずの人が私たちを助けてくれた。そのお返しをしたいので今回、ウクライナの家族を受け入れた」とも言っている。友人が受け入れたウクライナ人は私の全く知らない人だったが、がんばって数か月間で仕事を見つけて無事に自分の家も借りられたので、その友人から見た「ウクライナ株」も上がったようだ。ありがたい話だ。

しかしながら、外国の生活と他人の家に慣れることができず、なかなか新しい言葉が身につかず、社会的な地位が変わって自分のアイデンティティーに危機を迎え、ウクライナに戻る人も少なくない。父や夫が残っているので家族で暮らしたいという理由も大きい。外国に住み続けるか祖国に戻るかを決めるとき、ウクライナの母親たちは子どもの意見もよく聞く。やはり子どもを守りたくて、子どもたちの意見を優先するのだ。ドイツに避難した子どもから話を聞いたことがある。「ハルキウに帰りたいけれど、攻撃が怖いから帰りたくない。パパは大好きだけどママとも離れたくない。ドイツの学校で友達もできた。（そう言ったら）ママやおばあちゃんもやはり残るって」。複雑だが事情はなんとなくわかる。この人たちがかつての移民と同じように、ウクライナ人としてのアイデンティティーを少なくとも生活習慣や文化活動で守り続けるか、受け入れ先の社会に溶け込んでしまうかはまだわからない。

友人のお母さんが滞在しているドイツのアパートの住人が、掲示板にメッセージを貼ってくれたという。「ドイツ語を話せないフラウ（夫人）がいるので、困っているときには助けてあげてください」と。それで皆親切にしてあげる気になったようだ。避難民と受け入れる人々とのこのような小さな交流が、新しい社会に馴染んでいくきっかけとなるのだろう。

この一年でさまざまな人に出会った。パレスティナからの避難民にも会ったことがある。避難生活が七年目になる一家と、一五年目に及ぶ一家だった。七年目の一家の子どもはたくさんの言葉を話せるようになって、親切な人柄で周囲の人たちをいろいろ手伝おうとしていた。避難生活が一五年目になる人は、子どもの避難経験を思い出すと泣き出してしまうが、それ以外はいつも陽気だった。両方の一家を知っている友人は「避難してきた家族の経験は皆同じように過酷なものですが、きっと人に落ち込んだ気持ちを見せたらいけないと考えているのでしょう」と言っていた。それはどうなのか、でもそうなのかもしれない。最初は落ち込んでいる人を助けようとするけれど、それが続くと支援する側もマイナス思考に疲れて離れてしまうかもしれない。

国外に避難したウクライナ人が気持ちを強く持って陽気に過ごすか、戦争から受けたトラウマでしばらくマイナス思考になるかわからないけれど、それぞれの社会が受け入れてくれることを祈りたい。

（二〇二三年一月六日）

青空と麦畑の旗

ソ連時代は危険視される

上下に二分割して別の色を配した横二色旗は世界的に決して多くはない。ポーランド、モナコ、インドネシア、そしてウクライナである。日本の日の丸も二色だけだが意味の違うものだ。ウクライナが独立した一九九一年以降、黄色い麦畑と青空の二色旗が国旗となった。実はそれ以前から使われていたのだけれど、ソ連時代には持っているだけで当局から危険視されていた。黄色い麦畑と青空はウクライナの田舎で夏によく目にする風景を表現したもので、心を込めて手入れをする農地への思いを表しているのだが、「民族主義者」の象徴と見なされたからだ。

例えば、キーウ大学の前の公園に国民詩人タラス・シェフチェンコの銅像があって、毎年誕生日の三月九日に花を捧げる人が多いが、そのときに黄色と青の二色旗を持っていたら取り締まりの対象になった。場合によっては懲役二年の刑を言い渡される可能性もあった。私がお世話になっている先生は西部のリヴィウ州出身で、第二次世界大戦中の一九三九年にソ連軍が駐留したときにはまだ子どもだったが、学校で黄色と青の旗を立てたらソ連軍の兵士にものすごく殴られたという。今でも背中にその傷が残っているそうだ。

一九九一年の独立の翌年、キーウ大学の学生会ははじめて大学のジャンパーを作った。胸には丸い枠で囲ったキーウ大学の写真をあしらっていた。加えてさまざまな色の模様もついていた。黒と白のロゴ、青と白、そして黄色と青もあった。学生のなかには、それをはじめて見た親から「外では着ないほうがいい」と言われた人も少なくなかった。親たちの世代はソ連時代の記憶がまだまだ生々しくて、わが子の安全を不安視せずにはいられなかったのだろう。でも私たち学生のほうは、家からは普通のセーターを着てきて、大学の洗面所でジャンパーに着替える人も少なくなかった。授業が終わると、また化粧室へ行ってセーターに着替えて家に帰っていた。若者はやはり怖いもの知らずだから。

独立から二〇年以上のあいだ、黄色と青のものを持っていても誰も文句を言わなかったが、二〇一四年に東部で戦争が始まってからは、親ロシア派の人々が「民族主義者」と非難するようになった。以前、東部ドネツク州クラマトルスクのサッカークラブでゴールキーパーだった少年が、冬休みを過ごした西ウクライナから帰るときにリュックサックに黄色と青のリボンをつけていたことを見咎められて殴り殺された事件は、ウクライナ全土で報道された。私もショックで打ちのめされた。今の時代にこんな惨劇が起こるとは信じられなかった。

だが二〇二二年のロシア侵攻後はそのような話を多く耳にするようになった。ロシア占領地域の人が国旗を庭に埋めたという話も何度も聞いた。

一方、戦争が始まってからは国外でウクライナ国旗をよく目にするようになった。避難民が掲げることもあるし、外国人がウクライナを支援する気持ちで掲げることも少なくなかった。ファッションの世界でもこの二色がよく使われるようになった。黄色と青はウクライナの支援だけでなく、自由と独立の象徴になったと言っていいだろう。スペインのバレンシアガ並びに、自分のコレクションにこの色を使うようになったオートクチュール・レバークチュールもあるし、またアメリカのファッションモデル、ベラ・ハディッドのようなインフルエンサーも少なくなかった。またコロナ禍が続く二〇二二年八月に台湾を訪れたアメリカ下院議長（当時）ナンシー・ペロシを、ウクライナカラーのマスクをして出迎えた人も多かったようだ。侵攻が始まって一年も経たないうちに、自由や独立に加えて粘り強さや不屈の精神も表現するようになった。二〇二二年の流行の色になったと言っても、言いすぎではないかもしれない。

ちなみに、色合いが少し違っているが、スウェーデン、カザフスタン、カリブ諸島のバルバドス、旧ユーゴスラヴィアのボスニア・ヘルツェゴビナとコソボ、西太平洋のパラオも国旗に黄色と青を使っている。日本の徳島にもこの二色を使った県旗がある（徳島名産の藍染めをイメージして藍色の地に黄色の県章をあしらっている）。ＥＵの旗も同じ二色を使っている。ウクライナの青は青空だが、他の国では水や川、海の表現として使われることが多いようだ。黄色は麦畑に由来するという説が有力だが、神を表しているという説もある。

現在の国旗ができるまで

ウクライナ国旗はいかにして現在のものになったのか。歴史をさかのぼると、十三世紀のリヴィウ市の紋章には青い背景に黄色の獅子が描かれ、またキーウ・ルーシ公国を受け継いだ「最初のウクライナ国家」ハーリチ・ヴォルイニ公国（一一九九～一三四九年）の紋章も同じ二色を使っていた。また十五世紀ごろからロシアやウクライナの草原に集住した武装騎馬民コサックも二色の旗を使っていた。一八九一年に描かれたイリヤ・レーピンの「トルコのスルタンへ手紙を書くザポリージャ・コサック」という絵には、青と黄色の旗と赤と黒の旗を棹（さお）に巻き付けて立てている兵士の姿もある。レーピンは友人の歴史家ドミトロ・ヤヴォルニツキイに歴史考証の面で相談していて、この絵を描くときにモデルになってもらったようだ。

その後、ロシア革命後の一九一七年三月にキーウにウクライナの自治を担う中央ラーダ（議会）が成立し、黄色と青の旗を使いはじめた。一九一八年にはウクライナ国家の紋章（国章）を定めることになってコンペを実施したところ、画家グリゴーリイ・ナルブットはこの二色でコサックの歴史を表現する案で応募した。

実はこの時期に、第三の色が加わったウクライナ国旗も存在した。アムール川から太平洋岸にかけてのロシア極東にはウクライナ人が入植していたが、ソヴィエト側の勢力が進出してきたため、ウクライナ人たちはそこから逃れて「緑ウクライナ」と呼ばれる国家を建設しようとした。その国旗には、黄色と青に加えて、自然豊かなこの地方を表現した緑も加えたのだ。

だが中央ラーダ政府によるウクライナの独立・自治は短期間で終わることになった。ソ連に入ってウクライナ・ソヴィエト社会主義共和国となってからは赤い地に「УРСР」という字を入れた旗を使うことになり、黄色と青の旗は禁止された。

ソ連では禁止されていても、アメリカやカナダのウクライナ人移民はその旗をよく使っていた。ソ連時代の一九七六年七月二十七日、カナダのモントリオールで東ドイツ対ソ連のサッカーの試合中に、ウクライナ人移民二世の若者がフィールドに立ち入り、黄色と青の二色の旗を持って走ったことがあった。ソ連がウクライナ人の自由を抑圧していることに注目してほしかったのだ。その旗は二〇二二年八月二十三日にウクライナ国内のサッカープレミアリーグが再開したときに国外から運ばれた。

私自身、国旗への想いは戦争が始まってから強くなったし、ウクライナ人は誰もがそうだろう。サッカーのウクライナ代表は国外での試合のときに、見に来たサポーターに国旗をデザインしたポスターを配っていた。皆で客席で広げて縦横に並べると大きな国旗になるということだった。国外に逃れていた避難民は喜んで受け取っていた。

また、ロシアの占領地域からウクライナ側に出る人たちはスーツケースの裏にウクライナ国旗を隠していたという話も聞いた。私も、二〇〇六年のトリノ冬季オリンピックのときからオリンピックのたびに現地で応援するための国旗を持っている。しかし今回キーウを出るときは、まさかあの旗が必要になるとは思わずに残してきてしまった。だが侵攻が始まってから、オーストラリアの友人がAmazonでウクライナの旗を買って送ってくれて、泣きそうになった。やはり、戦争が始まってから母国の旗への想いが強まったと言えるだろう。

（二〇二二年十二月十五日）

3　戦時下の日常

美術で表現する戦争

美術の国ウクライナ

ウクライナは数多くのすぐれた美術作品を生みだしてきた伝統がある。言論が抑圧されて考えを口にできないときに美術で表現していた時代もあった。美術的な表現だったら口に出さなくても会話できるからだ。そのなかでも特に美術が開花した時代の一つが、ロシア革命後から一九三〇年代までだった。ミハイロ・ボイチュック（一八八二～一九三七）をはじめ多くのアーティストが輩出した。ウクライナの画家は現代美術の国際展覧会ヴェネツィア・ビエンナーレにも参加し、一九二八年には一七枚、一九三〇年には一五枚の絵画を出展しており、ソ連の他の共和国よりずっと多かった。だが一九三〇年代のスターリンの圧政で出展できなくなった。

数年前、キーウのウクライナ国立美術館で、この時代の美術展を開催していたことを思い出す。スターリンは画家たちを殺しただけでなく、作品も集めて破壊する予定だったが、隠して守ってきた人々がいたのだという。そのためどの作品も綺麗な状態だったが、カンバスの裏にもう一つ絵が描かれていたことも印象的だった。ある絵の裏には軍人か公安のブーツだけが描かれている。しかも床に転がされた画家が見上げる目線で。それを見て時代の怖さを感じた。

二〇一四年にクリミア半島がロシアに併合され、ウクライナ東部で戦争が始まると、東部出身のアーティストたちはすぐにそれを表現するようになった。二〇一四年の秋にキーウのピンチュク現代美術館で展示されていたジャンナ・カディーロワの作品はとても印象的だった。レンガでできたウクライナの地図があって、クリミアは床に崩れ落ちていたのだ。やはり美術の力はすごいとあらためて気づかされた。

二〇一四年のマイダン革命のころから、キーウの街には壁画（以下、ムラール）などのグラフィティーが増えた。闘争の場となっていたフルーシェフスキー広場近くの科学アカデミーの建物に描かれた、十九世紀半ばの国民的詩人タラス・シェフチェンコや二十世紀にかけて活躍した詩人イヴァン・フランコ、女性詩人レーシャ・ウクラインカの肖像画がとても印象的だった。三人とも民族解放運動や文化振興運動に生涯を捧げた人物だ。バンダナを巻いたり、軍用マスクをつけたりと、現在の闘う人として表現されていた。そしてシェフチェンコの絵には「燃えている人には火も危険ではない」、フランコには「我々の人生は戦争である」、レーシャ・ウクラインカには「自分を自由にした人は、いつまでも自由である」と、それぞれの言葉が書き添えられていた。やはり現代のウクライナ人にとっても、十九世紀にウクライナ語や自分たちの文化が禁止されていた事実がまだまだ生々しく感じられ、マイダン革命の精神とも深くつながっていると感じた。

ムラールはこの八年間に非常に増えた。例えばベリーカ・ワシリキフスカ通り二九番には、一九一八年、ウクライナが最初に独立したときの大統領で歴史家のミハイロー・フルシェフスキー、また最後の軍司令官のパフロー・スコロパロドツキ、その時代の軍事委員長シーモン・ペトリューラなど歴史的な人物や、先ほども紹介した女性詩人レーシャ・ウクラインカが描かれている。

ウクライナ文化や昔話（民話）をテーマにするムラールも増えた。例えばアンドリーイ坂にはウクライナ人とフランス人のアーティストがコラボレーションした「復活」というタイトルの作品がある。民族衣装を着て花輪を頭に飾っている少女が華やかで印象的だ。風雨にさらされて色が褪せてしまったら描き直すという。ウクライナでも保守的な人たちは、建物をきちんと修理せずに古いところを覆い隠してしまうとムラールアートには批判的だ。だがブルガリアのソフィア人は一〇〇〇年前からグラフィティーを描いていたそうなので、キーウにも昔からこの文化があって、時代とともに進化して建物の壁全体に広げていったとも考えられる。最近はムラールがさらに増えて街の名所にもなり、キーウの「顔」を少しずつ変えることになった。

抵抗の手段としての美術

「二月二十四日」の前から、ウクライナのイラストレーターは見る側に不安を感じさせるポスターを少しずつ作りはじめていた。今でもよく覚えているのは、リボンで飾ったチューリップのブーケに手榴弾がぶら下がっていて「占領者を花で迎えるのではない」と書いてあった。

ロシアの侵攻が始まってからしばらくは、アーティストたちも他の市民と同じように途方に暮れ、立ち尽くしていた。皆まさかと思っていたのだろう。だが少し時間が経つといろいろな作品が現れるようになった。二〇二二年三月初めのイギリスの一般紙『ガーディアン』には、国外でも戦前から知られているセルギーイ・マイドゥコフ（インスタグラムのユーザーネームはsergiymaidukov）のイラストが掲載された。そのイラストは戦争関係のもので、これまでの作品と同様、色使いが非常に印象的だ。オレクサンデール・グレーホフ（インスタはunicornandwine）は詩人シェフチェンコを現代風の軍人に描いた。彼のイラストは明るい色使いで独特なユーモアがある。インスタグラムで作品を購入でき、売上の一部は軍隊に寄付される。そして画家オレーナ・パフロワが作った頭がよくて悪戯っ子の猫の「イチジクくん」がウクライナの人々を勇気づけている（インスタはkit_inzhyr）。

戦争が始まってからも、キーウには新しいムラールが増えている。戦争関係のものが多い。二〇二二年五月にアントノワ通りの一三番に聖ジャウェリーナ（聖ジャベリン。ミサイルを構えたマグダラのマリア像）が描かれたが、教会関係者からクレームがあったのでトライデント（三叉槍）があるニンバズ（競走馬）を消した。戦中に爆弾を見つけて有名になった、チェルニヒウ非常事態省（ウクライナ国家非常事態省）に勤務する犬のパトロンのムラールも現れた。夏には、「キーウの幽霊」というニックネームで伝説的な存在になった空軍パイロットのムラールが現れた。そして十一月にバンクシーというイギリスのストリートアートのグループが、独立広場に瓦礫でシーソー遊びをする「戦争中の子どもたち」を描いた。イルピンでは新体操をする女の子の絵を描いている。

有名なアーティストたち同様、市民も最初の数週間は「どうして？　なんで襲われたのだろう？」という質問が頭から離れず沈黙していたが、少し気持ちを整えてから、落書き程度であっても絵日記を書く人が増えた。その日記や絵には非常に大事な意味があると思う。なぜなら戦争が終わってもその記録は残って、暗い時代のなかでも人々が生き延びていた証拠になるから。私もその一人である。

二〇二二年十月からミサイル攻撃が増えて、ウクライナでは停電が繰り返し起きるようになった。そのころ、私の知り合いの子どもが黒い紙に白い鉛筆で描きたいと両親に頼んだという。理由を聞くと、やはり今の状況を表現するのに一番いいとの返事だった。ハルキウ出身のジェーニャは八歳で、ハルキウ市からハルキウ州の田舎に避難し、半年以上過ごしていた。都会っ子で田舎生活は初めてだったので、動物や植物にたくさん触れて絵を描き続けてきた。ところが停電が続いて一瞬で絵のスタイルが変わった。風景は同じだが、電気と一緒に色が絵から消え、白黒になった。このような表現の仕方もある。

私の友人の写真家は、この一〇年近くウクライナの有名アーティストの写真を撮っていた。しかし戦争が始まってからは、避難先で避難者の写真を撮るようになった。戦争の大変さは人々の顔で表現できるからだ。

戦争が始まってから、たくさんの人が西ウクライナに移動したが、イワノ・フランキフスク州の劇場は一日も活動をやめなかった。逆に、俳優たちは以前の倍の仕事をすることになった。昼間は支援物資を集めて避難者に配る作業、夜は通常どおりの劇場の活動である。劇場には毎日二回行列ができていた。昼間は支援物資を受け取るために、夜は劇を見るために。上演中に空爆があったので舞台を地下室に移動し、空爆中も上演を続けていた。戦争中には劇場がシェルターとして使われるようにもなり、上演中の地下室に空爆から避難してくる人もたくさんいた。二〇二二年二月から四月には五〇〇人も避難していたという話もある。また戦争になってから一年になるが、その間に新作の劇も出している。先ほども名前を挙げた詩人レーシャ・ウクラインカの詩劇『森の歌』を現代風にアレンジしたものが特に評判がいいという。

国外でもこの一年間、ウクライナの美術展が増えた。そのなかで特に印象的だったのが、二〇二三年一月にスペインのマドリードで開催された、一九〇〇年から一九三〇年代までのモダニズム期の美術展だ。伝統的な美術作品との連続性が見えるウクライナ現代美術と社会との関わり、昔から鮮やかな色使いなども感じられた。そしてスターリン政権に殺された多くのウクライナ人アーティストの運命を考えると悲しかった。生きていればどれだけすばらしい作品を残しただろうか。

この一年間、ウクライナで空爆され、破壊された美術館——子どものような描き方のナイフアートで有名なマリア・プリマチェンコの美術館、独学でアートを学んだポリーナ・ライコの家美術館（ダムの破壊で洪水となったヘルソン州オレシキ市にある）、哲学者フルィホーリィ・スコヴォロダの博物館、そして十月のミサイル攻撃で被害を受けたキーウのハネンコ美術館――のことを考えると、ロシアにはウクライナ人の自由で豊かな表現への妬（ねた）みがあり、一九三〇年代の圧政時代と変な連続性があるように思える。

（二〇二三年一月二十六日）

戦争を笑う

戦時下でも必要な笑い

友人の経営者の会社に融資している国際的な金融機関の担当者が、開戦後に一年ぶりにウクライナを訪問してきたとき、とても悲しげな顔をしていた。「戦争は大変悲しいことだから、笑顔を見せてはならない」と考えていたようだ。だが私の友人が「うちの従業員は今でもよく笑って、冗談を言い合いながら仕事をしている。それが生きる力になっているよ」と答えたら、非常に驚いたみたいだった。

確かに、国外にいる人には信じられないかもしれない。けれどもウクライナ人には粘り強さもあるし、怒りと笑いで気力を奮い立たせているのかもしれない。

この一年間でスタンドアップコメディ（即興話芸）も非常に盛んになった。以前から、ロシア出身のロシア語で語る演者は少なくなかった。しかし侵攻が始まってからは、ウクライナ人で、ウクライナ語で語る演者もたくさん出てきた。しかもそのなかには女性もいる。

そのなかの一人、アーニャ・コチュグーラは特におもしろい。彼女の話芸のテーマは二月二十四日以降の日常生活から政治まで幅広くて、ときどき暗い話題にもなるけれど、十分におもしろくて笑える。

いくつか紹介してみたい。

・友人から電話があって、週末に「恐怖の部屋」というイベントに参加してきたという。戦争も七か月目になって、恐怖が不足しているのかしら。私だったら「安心の部屋」へ行きたい。虹がかかって、敵がいない部屋へ。そんな部屋はないけれど。
・侵攻が始まってから、あちこちのアパートで門限が設けられるようになったが、うちの管理人のおばあちゃんだったら、そんなものはずっと前から取り入れているから慣れている。まだ戦争が始まっていないときからだ。
・各地に避難していた人たちのなかで最初にキーウに戻ったのは、親戚の家に避難していた人だった。二月二十六日に喧嘩して戻ってきた。
・戦争がこんなものとは思わなかった。ミサイルが飛んでも、シーシャの店は営業している。そこで買った抹茶ラテを片手に持って、電動スクーターを片手で運転しながらミサイルから逃げることになった。電動スクーターには三人も乗っているので、ミサイルで撃たれるより、事故を起こして死ぬ可能性が高い気がする。

・ツイッターの力に気づいて、一日二〇時間くらいそこで過ごしている。一般人の私がドイツの偉い政治家に「馬鹿野郎」と言えるなんて、信じられないことだ。見ず知らずの人にも簡単に話しかけられるようになった。「ドイツのショルツ首相はダメですね」と言うだけで、相手もすぐに反応してくれて二時間くらい会話が続く。話すことがなくなったら、「マクロン大統領もダメだ」と加えるだけで会話がまた続いていく。

・国連やNATO、赤十字にはがっかりした。EUもそうだ。ハンガリーのような問題児もいて、入るときに参加者の性格をきちんと確認していないような気がする。またサービスもイマイチ。ドイツに木曜日にお金を送っても来週の火曜日まで届かない。

・道ばたで誰かの噂をしているとヒマ人に過ぎないが、ドイツの首相やフランスの大統領の噂をすると「政治評論家」「政治に詳しい人」と呼ばれて名誉なことだ。

彼女の話芸は政治的に微妙なところを衝いていて、人気を集めている。皆が口にしたくてもできないことを表現しているとも言える。

皆それを聞いて笑っているけれど、ブラックユーモアが多いし、戦争中だから笑い方もときどき暗くなる。しかし、数も少なかった女性のコメディアンが政治を話題にしているのはこれまでなかったことだし、若者の政治への関心が高まってきたとも言える。戦争という現実のなか、辛くても笑いながら乗り越えて、頑張って生き抜こうとしているウクライナ人の不屈の精神も現れている。

（二〇二三年四月十七日）

日常生活について

停電という日常

戦争が始まってから、日常生活がおかしくなった。「戦争とスマホ」の節でも書いたけれど、朝起きるとすぐにスマホでニュースを確認する。一日に三〇回以上も確認することがあって、寝る前もそう。友人や親戚、教え子にもニュースを聞いて回っていた。ある時期から、このようなことを続けていると精神的におかしくなるとわかって気をつけるようになったが、それでも何度となく確認してしまう。

去年五月頃、ある有名なスポーツ選手と話していたら、私と同じことをしているらしい。練習に入る前、休憩中、そして練習が終わった後にニュースを確認しているそうだ。何か見落とすといけないからだけれど、自分が前よりも神経質になったみたいだと話してくれた。

そんな話をしてから、春が終わり、夏が過ぎ、秋が来た。秋になる前にキーウの情勢は少し安定したこともあって、また皆がこの状況に少し慣れてきて、普通の生活に戻るようになった。国外から戻った子どもたちも少なくないようだ。だが十月七日にまた攻撃があって、キーウ大学の前にミサイルが落とされた。大学の隣にある、私の二冊の本を出してくれた出版社の建物や、砂糖の製造・販売で財を成したハネンコ家のビル(ハネンコ美術館)の窓ガラスも吹き飛ばされ、写真を送られてきたときはびっくりした。よく知っている場所だから。

キーウの友人に電話して「元気?」と聞いても「普通」という返事しか返ってこない。もともと口数の少ない人だけれど、今のような状態だったら「普通」というのは「元気だ」という意味なのだろう。「マンションの一八階の通路で、若いお母さんが赤ん坊をベビーカーに乗せて散歩していたよ」とも話してくれた。その母親はなぜ下に降りないのかと聞くと、停電でエレベーターが止まっていて、降りたり昇ったりするのは大変だからという返事だった。

最近、「日常生活はどうですか」と日本の友人に聞かれることが多い。停電して水道が止まっていても、光熱費を払わなければならない。避難してずっと留守にしているとわかったら空き巣が入る場合もあるので、友人や近所の人にときどき見てもらう。

電気が止まっているから、買い物をしてもカードで払えるところは限られる。現金は必要。でも電気が止まってATMからお金を下ろせないこともある。停電していないときに洗濯し、料理を作らないといけない。

建物にミサイルが撃ち込まれたけれども、修理できないのでそのままとりあえず住んでいる人もいる。他に住むところもないし、国外に友達もいないので行くのが怖いのだという。いろいろ複雑。でも人は複雑な状況にも慣れるものだ。

さまざまな日常生活

戦争が始まったときにどんな気分だったかと皆に聞いて回ると、最初は信じられなくて呆然としていたが、その後は怒りでいっぱいだった、そして今では慣れてきたという返事が多い。

戦争が始まってから初めて、十二月にポーランドに行った教え子に聞いたら、「ワルシャワのイルミネーションを見たとき、最初にエネルギー消費のことを考えました。またポーランドでは停電の心配がないのに、何だか信用できなくて、毎晩寝る前にスマホや蓄電池を充電しました。神経質ですよね」と話していた。ウクライナでは毎日のように人が死んでいるのに、ポーランドでは誰もそれを気にせず、普通に暮らしていることに怒っていた。そして少し嫉妬もしていた。自分がかわいそうだと思って泣くこともあったという。自分もウクライナで普通の暮らしを送るために、そしてやはり家族と暮らすために帰ってきた。「ウクライナで税金を払いながら勝利を待ち続ける」ということだった。何と言葉をかければよいのかわからなかった。

別の教え子は、イギリスに避難していたけれど、年明けに自分の家がある西部のテルノピリ市に一週間だけ帰ってきた。あとで話を聞くと、毎日六時間以上停電して、エレベーターや冷蔵庫もあてにならない。毎日数回、九階まで階段を上り下りしてお尻の運動になったと笑っていた。

また料理を作っても保存できないから、その日のうちに食べきらないといけない。数十年前の生活に戻ったかのようで、大変だと言っていた。

また別の教え子は、十二月に国外に初めて出たとき、生活が安定していて停電もないことに逆になかなか慣れなくて、やはりキーウに戻ってきた。冗談半分に、「先生、キーウの状況に慣れてしまったので、これからは普通の状況では暮らせないかもしれない。親しかった昔の友人とも共通の話題があまりなかった。私が戦争の話をするとすぐに別の話題に切り替えられたので、居心地がよくなかった。自分がトラウマを受けているとわかっているけれど、仕方がない」と言っていた。

それはそうだろう。人によって情報の受け止め方は違うし、トラウマの処理の仕方も違う。自分では何の影響もないと思っていても、やはり体が多くの情報に無意識的に反応してしまう。夜中の三時に怖くて目が覚めてしまう人、睡眠薬を飲んでも眠れない人、抗うつ剤を飲む人。国外に避難しても簡単なわけではない。新しい環境で成果を出さないといけないのに、毎日戦争のニュースを見続けるだけで何も手につかない人もいる。病気になっても現地の医者に自分の状況をきちんと伝えられない人もいる。

高齢で言葉も話せないし、一人ではどこにも行けないという人も少なくない。中部のドニプロに住んでいたが、家が破壊されてボランティアの団体にドイツに連れてこられたサーシャおじいちゃんもその一人だった。綺麗なウクライナ語で話していて陽気だったが、「ご家族は？」と聞いたら、「僕は指一本のように一人です」と目に悲しい表情をたたえていた。一人か……。でもこの戦争で、何となく一人で取り残されたような気分になる人が多いのだ。

普段の生活を守りたい

最近、ちょっとしたことでもすぐに泣くようになった。ニュースを読んで、友人と話した後に泣いてしまうこともある。先日、国境の入国検査で、「ウクライナのパスポートでいいですね。今だったらどこにでも行けるね」と言われて泣いてしまった。「ありがたいけれど、自分の家を奪われて、国を破壊されて……いいとは思えない。ウクライナに平和が戻ってほしい」としか答えられなかった。相手はびっくりしたみたいだった。

ミサイルが飛んでいるキーウで、荷物を配達する仕事の人は普通に働いている。今ではネットで薬、服、食べ物、何でも注文できる。戦争前だったら何でもないことだけれど、このような状況だから本当にありがたい。

西ウクライナで従業員が六〇〇人いる会社の社長をしている友人は、会議をシェルターで開いているそうだ。空襲警報が出たからですかと聞いたら、その日は出なかったけれど、警報が出るたびに場所を変えるのは面倒だからシェルターで仕事をすることに決めた、毎回シェルターに下りていくのは疲れたという話だった。誰もが疲れているけれど、自分の普段どおりの生活を守ろうとしているのだ。

彼女は、外国人の夫と小学生の娘を夫の実家の国に避難させている。彼女だけが自分の国で単身赴任という状況だ。今年の正月に、久しぶりにリヴィウの家に家族が揃い、綺麗に着飾ってバレエ『くるみ割り人形』を観に劇場に出かけた。ところが、開演のベルとともに空襲警報が鳴り、劇場の地下室に避難することになった。警報が解除されるまで一時間半もかかったので、結局公演は中止になってしまった。

キーウも停電で電波が飛ばず、友人に電話してもつながらないことも多い。でも電気が通っているときに、人はその分だけ人生を楽しむ。この前、友人に電話したら、最初はつながらなかった。やっとつながったと思ったら、「ごめん、今から映画館に出かけるからもう話せない」と言われた。停電が終わり、空襲警報が解除されたので映画館でデートなんて、戦時下の日常生活は、そこにいない者には想像のつかないこともある。

その一方、ウクライナでは結婚する人の数が増えている。二〇二二年上半期は、前年同期に比べて二割増えたという。ウクライナの日常生活は、亡くなっている人も多いので葬式を行いながら、普段どおりに親戚を集めて誕生日会を開き、結婚式などもきちんと行っている。日常生活について聞いてみると、大変な状況のなかでも懸命に生きるウクライナ人の姿が見える。

（二〇二三年二月六日）

ウクライナと日本

オンライン連続講義の初日に……

二〇二二年はウクライナと日本の外交関係樹立三〇周年だった。まだコロナ禍の最中だったので、私が教えている大学では、日本の著名な先生方のオンライン連続講義を開く予定だった。開会式を行い、最初の講義の日の朝にロシアの侵攻が始まった。講義をお願いしていた先生に慌てて電話してキャンセルした。私が「戦争が早く終わるように祈っています」と言うと、「これは長引くかもしれない」と言われ、ショックを受けて言葉が出なかった。あれから一年が過ぎたが、戦争はまだ続いている。連続講義は残念ながら適当な場所がなく、延期になったままだ。

連続講義を企画したのは、ウクライナ人にとっては日本を訪れる機会がまだまだ少なく、日本に触れる機会もあまりないからだった。以前、ウクライナ語で「日本」と「日本人」をグーグル検索してみると、「美しい日本」「観光名所」「日本人と中国人の違い」などの結果しか出てこなかった。独立後、ウクライナでは留学や旅行に行く人が増えた。しかし日本についての情報は限られているし、普通の日本人と接触した人も少ない。日本で修士や博士まで勉強できた私は多くの研究者を知っているので、連続講義によって本当の情報を学生たちに届けたいと思った。

初めて日本へ留学したのは一九九四年の春。私にとって初めての海外経験だった。友人は「最初はポーランド、その次はドイツ、その後はアメリカ、それから日本へ行くべきだ。まず日本に行ったらショックが大きすぎる」と笑いながら心配していた。けれども子どもの頃から日本の版画や墨絵をたくさん見て、翻訳された日本文学の作品を読んでいた私にとっては、学ぶべきことがたくさんあった。日本で勉強し、言語、歴史、思想史、文化、国際政治など、学んだことをウクライナに持ち帰りたいと思った。

ウクライナでも知られるようになった日本

一九九四年の夏にキーウに戻るとき、日本で食べたものをウクライナでも作れないかと思って、いろいろ持ち帰った。そのなかに寿司の太巻きを作るセットとインスタントラーメンが何個かあった。友人を呼んでパーティーをしたら、皆不思議がって食べていた。私たちがいつも食べている肉やじゃがいも中心の食事とは全く違っていたから。

あれからほぼ三〇年が過ぎた。ウクライナにもいろいろな日本食が入ってきた。二〇〇〇年代に入ると、キーウには寿司屋がたくさんできた。二四時間営業のファストフード店もあり、学生に人気だ。この数年間でラーメンの人気も高くなって、お昼に食べに行く会社員たちをよく見かけた。そしておしゃれな喫茶店で抹茶ラテが出てくるようになった。昔みたいに「粉になっているお茶？　信じられない！」と驚く人は今では誰もいない。普通に飲んでいる。

キーウで日本人が経営している日本料理店は二軒だけで、他は全部地元の人がやっている。ウクライナ人の日本料理への愛着のほうが、日本人より先にキーウに到着したとも言える。日本人の料理人や経営者は、日本食ブームの恩恵をまだ生かせていなかった。日本にもその話題が届き、そろそろ日本からお店を出せる人が出てくるというときになってロシアの侵攻が始まったので、さらに難しくなった。

ウクライナ人の日本に対する思いについては、深い歴史がある。ソ連時代から、ウクライナでは日本文化への憧れがあって、一九七〇年代から多くの文学作品がウクライナ語に訳されていた。黒澤明の映画、坂本龍一や喜多郎の音楽、ソニーのテレビやウォークマンが人気だった。日本はロボットの国とも思われていた。ある意味で、ソ連のオリエンタリズムに流されていたと言ってもいいかもしれない。

このようなイメージを抱くのは四十代半ば以上の世代だ。若い世代はやはり日本のポップカルチャーに育てられた。「たまごっち」やファービーに始まり、漫画やアニメ、ポケモンなどの切り口で日本や日本語に興味を持つようになった若者が多い。

日本語を勉強できるところも増えた。キーウでは、一〇か所以上の大学で、日本語を主専攻や選択科目などで勉強できる。日本語学科に入る若者はほぼアニメや漫画に興味があるので志望するが、日本語の学習は難しいので、三年生までに留学できなかったら専攻を変える人も多い。

ただし、留学して卒業しても就職先がほとんどないのが現実である。商社や大使館は日本語のできる人を採用するが、キャリアアップできない。言葉ができるだけでは言語学者以外、何にもなれない時代になったが、それでも勉強に投資した日々を考えるともったいない。だが日本語を勉強する学生の多くは成績が優秀なので、日本語をあきらめてもアメリカやヨーロッパに留学しなおして国際関係や経済、マーケティングを勉強し、事業を始めたり外資系企業に入ったりして、かなりの成功につながった人もいる。だがそれには勇気が必要だ。両親や家族との強い絆を持つウクライナ人の若者が皆、そうなれるわけではない。

日本に留学した人には勇気がある。会社を起こして、ウクライナと日本を貿易でつなぐ人もいて成功している。

日本との交流は、この一〇年間で政治だけでなく文化、スポーツなどでも盛んになった。二〇一二年の秋、外交関係二〇周年のときには、国際交流基金の支援を受けて、キーウ、リヴィウ、ドネツクに日本の能楽師や裏千家の茶人などが訪れて、大きなお祭りになった。それ以来、毎年秋に大使館が日本映画祭を開催し、宮崎駿の多くの作品が上映されている。また、ウクライナ語の単語にも「日本語」が増えた。それまでは芸者、リキシャ(人力車)、着物程度だったが、漫画、アニメ、寿司、ラーメンが入ってきた。最近ウクライナ人が興味を示しているのが、近藤麻理恵さんの断捨離「こんまり」、日本の陶磁器の修復法「金継ぎ」、ビジネスの「カイゼン」などだ。

また、ツイッターのおかげで、コロナ禍のなかでもウクライナと日本が近づいている。二〇二一年一月、風邪をひいて退屈していたので、軽い気分でツイッターを始めた。ウクライナでは春にパンで鳥を作る習慣があると書いたら、一気に七〇〇〇人のフォロワーが現れてびっくり。SNSのすごい力を感じた。より広い人々に直接話すことができたらという憧れはあるが、距離感が縮んで中毒的な影響もあるので、注意深く付き合うべきだと思う。

戦争が始まってから

クリミア併合後、日本の総理大臣が初めてウクライナを訪れ、多くの経済支援をいただいた。ロシアの侵攻が始まってからは、日本から多くのサポートや援助をいただき、日本への親近感が増した。お互いの隣国であるロシアに対する複雑な気持ちも分かち合える。今までウクライナについての情報が少なかった日本でも、侵攻後は多くの情報が得られるようになった。また国家元首として歴史上初めて、ゼレンスキー大統領が日本の国会でオンラインで演説した。テレビでも、これまでだったらありえなかったバラエティーショー、お昼の番組などでウクライナの話題が出るようになった。それも恐ろしいくらいの回数で。以前はウクライナについての番組は毎年数回しかなかったのに、今では毎月二〇〇件以上の番組の企画があるそうだ。

冗談のような話だけれど、一九九〇年代半ばには「どちらのご出身ですか」と聞かれて「ウクライナ」と言ったら、「ソ連ですか、ロシアですか」、あるいは「ウルグアイですか」と聞き返された。二〇〇四年のオレンジ革命後は「西部ですか、それとも東部ですか」と問い返された。二〇一四年のマイダン革命以降は、「ウクライナ」と言ったら「キーウ、クリミア、ドネツクですか」。二〇二二年二月以降になると、「キーウ州のブチャ、イルピンですか、あるいはドニプロ、それともハルキウですか」など、さらに細かい地名が知られるようになった。ウクライナの地名についての知識が一気に増えた。不幸のなかのありがたい話だが……。本当は違ったきっかけからウクライナのことを知ってほしかった。一〇〇〇年以上の長い歴史と文化を持っていて、歌が綺麗で、豊かな自然に恵まれていて、料理が美味しく、人々は優しくておもてなしが上手、そういう長所から知ってほしかった。

今回、日本政府の反応は速かった。日本は非欧米で唯一のG7の一員として、ウクライナを強く応援したことに気づく。侵攻直後の二〇二二年四月の総理官邸ウェブサイトを見ると六回もウクライナ関係の会議が開かれ、そのうち二回は総理の記者会見もあった。三〇年間の外交関係で一番多かった。日本のウクライナ支援はマイダン革命とともに始まって、クリミア併合後に強くなった。二〇一五年六月、安倍晋三総理が初めてウクライナを訪れた。私はそのときに、一〇〇〇年の歴史を持つ聖ソフィア大聖堂の案内を務めさせていただいた。

総理の到着が遅れたので、待っている間に昭恵夫人とお話しすることもできた。私の靴を褒めてくださったので、ちょっと驚き、印象に残っている。

安倍総理はウクライナの歴史の話をよく聞いてくださり、奈良の東大寺は木造建築だが少し早くできたと教えてくださった。ひととおり案内が終わってから、もう一度聖ソフィア大聖堂の祭壇の前に戻りたいと言われ、お一人で戻って静かに瞑想されていた。安倍総理が亡くなったニュースを聞いたとき、聖ソフィア大聖堂の祭壇の前の姿が浮かんだ。

そしてロシアの侵攻以後、日本の支援は六億ユーロにのぼり、史上初めて自衛隊からの非軍事支援もあった。二〇〇〇人以上の避難民を受け入れてくれて、そのために世界で最も厳しい日本のビザの基準を少し緩めた。キーウと姉妹都市の京都だけでなく、全国の都道府県でウクライナ人を受け入れた。ウクライナの大学生のために特別講座を作った大学も少なくなく、ウクライナ語の講座を開いた大学もある。今まで三〇年以上かけて、ウクライナの外交官が一所懸命に進めていた文化交流がスピーディーに動いたかのように見える。戦争がなくてもこのように発展してほしかったけれども。

NHKではウクライナ語のホームページができて、避難者のためになるさまざまな情報とともに、海外や国内のニュースをウクライナ語で提供しつづけていて、日本の文化や日本人を理解するために非常に役立っている。

また今まではロシア文化やロシア人と思われていたウクライナのことが、日本にやっと伝わった。アナーキズムを日本に紹介した一人、レフ・メチニコフ、また彼の兄でノーベル賞も受けた生物学者イリヤ・メチニコフ、そして新宿の中村屋に支援してもらった目の不自由なヴァシリー・エロシェンコ、旅順要塞を守ろうとしたロマン・コンドラチェンコ司令官、また戦艦ミズーリで第二次世界大戦を終わらせるためにソ連側の代表として署名したクズマ・デレビャンコも皆ウクライナ人である。

日本とウクライナの交流は極東シベリアで始まったと言うこともできる。小作農制度から解放されたウクライナの農民たちは、与えられた国内の土地に不満を持っていたので、ロシア帝国政府の極東開発プロジェクトの宣伝に乗って遠くに引っ越した。統計によって数字は違うが、一八七五年から一九一七年までにおそらく一〇〇万人ものウクライナ人が極東に移った。そしてロシア革命とともに自分の民族の権利を強調するようになって、自治区の「緑ウクライナ」を作ろうとした。ウクライナ語の新聞や学校も作り、一九一八年から二〇年までの間にウクライナ人の集会が四回開かれた。「緑ウクライナ」憲法の草案も作った。

人々は本気で独立をめざしていたし、そのときにシベリアに出兵中だった日本にも力を貸してもらいたかった。日本の外務省も二十世紀初めの極東におけるウクライナ人の多さに気づき、報告書も出している。日本人は満洲でも、ウクライナ語コミュニティーやウクライナ人が出していた新聞に協力していた。お互いに隣にロシアがあるので、理解しあえる不安も多かったから。今回のウクライナへのロシア侵攻の激しさを見て、日本人の頭のなかに思い浮かんだことが想像できる。

今回、両国の関係がこれほど速く深まり、相互理解が進んだのは不幸のなかの小さな幸福である。この厳しい時代を乗り越えて、平和な状況のなかでつながりつづけることを期待している。

（二〇二三年三月九日）

4　失われたもの、得られたもの

戦争と友情

教え子たち、国外の友人たち

キーウの大学の歴史学科で一〇年ぐらい教えているので、日本史、ウクライナ史の講義とゼミで、あわせておよそ九〇〇人の学生に接してきたことになる。学生とは卒業してからもやりとりがあって、相談に来る人も多い。

二月二十四日にロシアの軍事侵攻が始まったら、その後の二日間で五人の教え子から「先生、大丈夫ですか？　何か手伝えることがあったら教えて」という緊急連絡があった。五人のうち女性二人はイギリスとポーランドにいて、残りの男性三人は国内にとどまっている。三人の男性のうち一人は留学を打ち切ってウクライナに帰り、ボランティア団体を起こした。一人は軍隊に入り、もう一人は地元の地域防衛隊を手伝っている。三人目の男性は西ウクライナに住んでいて、私の家族をしばらく避難させてくれた。今でもこの五人とは頻繁に連絡を取り合っている。

誰もが自分の身を守るのに必死で、他人のことを考える余裕がないなかで、国外の友人たちの反応は早かった。安否を尋ねてきて、私の「無事です」という返事も待たずに「口座番号を教えて。お金が必要でしょうし、振り込みます」と言ってくれた人もいた。そのなかには自分の生活が厳しい人もいたから、とても感動した。気持ちだけいただいて断ったこともあった。

「友人」ではなかった人たち

しかし身の安全やお金のこと以上に、私は研究者だから、こんな状況でも今まで歩んできた学問の道を守りたいという気持ちが強かった。そこで日本の大学で就職先を探し、多くの人に助けられた。あらためて感謝の念を表しておきたい。だが、こちらは友人と思っていたのにそうではなかったと思い知らされることもあった。これは、私だけの経験ではなく、今後も起こりうる問題だと思うので、あえて記しておく。残念なケースには、いくつかの類型がある。

まず、官僚的とも「公平さの衣」をかぶった冷淡さとでも言おうか。例えば、次のような対応だった。「ウクライナの研究者の支援は重要な課題ですが、状況が多様で流動的なので、学会でも大学でも、まとまった方針はまだ議論されていません。苦労されているのだと思いますが、ロシアに占領された地域に住んでいた人、戦争により家を破壊された人など、もっと大きな支援を必要とすると考えられる研究者が潜在的には少なからずいるなかで、すでに外国に避難してひとまず安全が確保されている方を、これまで当大学と特段の交流がなかったのに長期間招くのは、かなりハードルが高いというのが正直な印象です」。

戦火を逃れてきた者からすると、「平和だなあ」という感想しかない。ちなみにこの大学は、現在に至ってもウクライナ人の研究者を一人も受け入れていない。

二番目のケースは、人生論的なお説教タイプである。「研究職を求めているのです」と話すと、「このような状況に置かれたら、今まで歩いた学問の道や学位を一切捨てて、普通の職場を探すべきではないか」と助言してくれた。この方は企業人だから、親切心からこのような「おすすめ」をしてくれたのかもしれない。だが、海外留学の経験もある方が、グローバルな人材移動をどう考えておられるのかと疑問に思った。別の知り合いからは、「君は避難民なのだから、身のほどをわきまえて、妙なプライドを捨てるべきだ」と正面切って言われたこともあった。

三番目は、早急な恩返しを求めるケースだ。日本語には「恩着せがましい」という便利な表現もある。数週間、宿泊する場所を提供してくださったことは感謝しているのだが、お礼を申し上げて、幸い就職が決まったので退去したいと告げると、「単なる善意で滞在を許したと理解しているのですか。今後、こちらで身を粉にして働いてもらおうと思ったから、そうしたのですよ」と「叱責」されてしまった。

最後のケースは、「他人の不幸」にいささか鈍感であり、悪くするとご自身の評判に活かそうとするタイプである。今、「ウクライナ」と言えば引きがある。支援してあげようと言いつつ、よく見ると、自分の名前を売ろうとしているのかしら、と疑念を抱かざるをえないこともある。

かつて面識のあった研究者は、ロシアの侵攻から六か月間、私のツイッターに「いいね」を連続して押し続けていた。それ自体はありがたいのだが、アドレスはご存じなのに、なぜ直接「大丈夫ですか」という安否を確かめるメールを送ってこないのか疑問にも感じた。問い合わせてみると、「近況をどのように聞けばいいかわからなかった」という返事だった。とても内気な方とも言えるが、日本のテレビや新聞にいつも登場して「ウクライナの状況がとても心配」とおっしゃりながら、情報源とも言うべき当事者に実際の状況を聞こうとしない。ご自身の名前で「いいね」を連発しても、困っている現場には近寄らない「シャイな態度」と言えるだろう。

こんなケースもあった。「日ウ関係の現場で働けるようにお手伝いしましょうか」というのだが、話を聞くと、どうも「ウクライナ避難民」の世話をして関係官庁など多方面に「顔を売る」ことが主目的のようだった。お礼を申し上げて鄭重（ていちょう）にお断りしたら、「あの人は手助けする必要はない」とあちこちで触れ回っておられたという。後日、ある機関に就職の相談をしたのだが、その方から雇わないほうがいいと「ご助言」があったという。ウクライナ支援を象徴する青と黄のネクタイを締めて多くのイベントに出席されているが、何ごとも「内情」は不透明である。

以上は、私だけの個人的体験であればいいのだが、同様な立場の友人も似たような体験をしている。欧米諸国に比べて、日本では、避難民や難民という境遇の人に慣れていない面もあるだろうが、日本とそこに住む人々が好きなだけに、今後は変わってほしいと思う。

本当の友情とは

出典はアリストテレスとされているが、「不幸は、本当の友人ではない者を明らかにする」という言葉がある。今回の「非常時」には、いろいろなことを教えられ、私なりに学ぶことが多かった。自分のなかにある、古きコサック時代から受け継いだ自尊心といったものにも気づかされた。たとえ落ち込むことがあっても絶望はしない。たとえ状況が厳しくても、他者が決めた規範に自分をはめこむ必要もない。自分の力で乗り越え、自由な精神を誇るウクライナ人として生きていたいと、自分の出自を思い起こしている。

日本の友人にこのような話をしたら、「すごいね。私の同級生には、博士号を持っているのにいいポストが見つからなくて、そのために自殺した女性もいる」と言われた。友人の話や私の経験から、日本では博士号を持っていても、特に女性は、さまざまな差別を受けているという大きな問題をあらためて感じている。私の同級生にも、優秀で博士号を持っているのに、国内ではポストが見つからず、海外で働いている人が何人もいる。運よく就職できても、学内でいじめられ、出口の見えない悩みから退職するはめに陥った人も知っている。

今回の経験は、人間の本性や研究者の世界の問題に気づかせてくれた。友情の本当の意味も教えられた。友情とは、単にやさしい言葉をかけるのではなく、人が大変な状況に直面したときに、その人のために勇気を持って行動に出ることだ。今回、「友人」は減ってしまったが、「親友」は増えたとも言える。ありがたいことだ。

（二〇二三年二月十三日）

時代が生みだした英雄

ウクライナ流の民主主義

ウォロディミル・ゼレンスキー大統領について、どんな人かと最近よく聞かれるが、直接会ったことがないのでよくわからない。実は、ゼレンスキーの出演したお笑い番組や映画も見たことがない。趣味が少し違うからだ。

大統領選のときも彼には投票していない。アメリカにいたので投票できなかったのだが、彼に投票するつもりもなかった。彼が選ばれると、アメリカの同じ大学にいた友人から電話がかかってきて、「大変だ。これからどうなるんだろう。彼には政治経験がないのに、ゲーム感覚で当選してしまって、どうするんだろう」と、心配のあまり泣きながら話していた。このときのことは本当によく覚えている。

その友人から教えられて、彼がＳＮＳに頻繁に投稿していることも知った。おもしろいやり方だが、人に受けるために何をすればいいかがよくわかっている人物だとしか思わなかった。

キーウに帰って田舎に遊びに行き、知り合いのおばさんと話をしているときにその話題になった。「いいじゃないか。今までの政治家と違うから」と言われて、日本の江戸時代末期の「ええじゃないか」というものを連想した。民衆が世直しを求めて熱狂的に踊りめぐったこの運動は京都から始まったとも言われているが、明治維新にもつながった。

確かに、「これまでと違う政治家が欲しい」というのも理解できる。客観的に見て、ウクライナの政治はよくわからないものに思えるだろう。二〇〇四年の大統領選挙で選挙結果を誤魔化そうとしたヴィクトル・ヤヌコヴィチ大統領に対してオレンジ革命を起こしたのに、四年後にまたヤヌコヴィチに投票した人には記憶力がないとしか思えない。

しかし、一度失敗したとしても、もう一度機会を与えるという考え方もある。それはウクライナなりの民主主義でもある。権力というものを基本的に信頼していないので、政治家や官僚は就任したその日から皆が疑いはじめる。つまり、権力を永久に与えるのではなく、期間を定めて委任し、きちんとやれるかどうかを見る。そこが他の元共産主義国とは違う。

また権力は面倒臭くて自分は関わりたくない、やってくれる人がいれば誰でもいいからきちんとしてほしいというのが一般人の考え方である。これまでの歴代大統領を振り返ってみると、共産党のリーダーだったレオニード・クラフチュクのあとは、地方エリートで産業界出身のリーダーが多かった。ドニプロのロケット工場に勤務していたレオニード・クチマ、ドネツク出身のヤヌコヴィチ、それにキーウの経済学者のヴィクトル・ユシチェンコとチョコレート財閥系のペトロ・ポロシェンコだ。だが皆、大統領になったのは五十歳を過ぎてからで、若くない人ばかりだった。

経済史家ナタリア・キビタの最近の研究によれば、ソ連時代からキーウは文化的な首都で、経済的な影響力はあまりなかった。その代わりに、石炭を産出する東部や、機械やロケットを生産しているドニプロなどは、キーウとではなく直接モスクワの共産党本部や担当省庁とやりとりしていたので、お金も実力もあれば、自信もあった。そのため、平時でも、難しい判断に直面した場合でも、キーウの本部の指示を待つのではなく、それぞれが直接決定していたことも多かった。今回の戦争でもそれが見える。ドニプロ、ハルキウ、ミコライウの市長たちは行動力があって、キーウからの命令を待たなかった。

反対候補への投票の結果、生まれた大統領

ゼレンスキー大統領は首都ではなく中部の工場地帯のクリヴィーイ・リーフでインテリの家に生まれ、若いときから上昇志向と独立精神を持っていた。ロシアのバラエティー番組「KVN」に出演するお笑いチームのリーダーになって、ロシアのチームなどと競っていた。注目を集めた彼はモスクワに移らないかという誘いを断り、ウクライナに残って学生時代の仲間と会社を設立、テレビ番組を制作し、映画のプロデュースなどにも成功した。

そのやり方や成功への道を考えると、ウクライナ精神を示す諺を地で行っている気がする。「邪魔さえしなければ、助けなんていらない」。ウクライナの現代作家・舞台脚本家のレシ・ポデレビャンスキーが同じことをもう少し強い言葉で表現したが、これは「放っておけ」ということだ。自由な精神で、支配する力ははねのける。自力で取り組み、自分で進むので、放っておけ、と。これはソ連が崩壊してからのウクライナ政治の歩みを表現しているかもしれない。別のウクライナの作家オクサーナ・ザブジュコの本の題名になっている言葉を使えば「Let my people go」となる。これまで自力でビジネスを成功させてきたゼレンスキーは、時代も変わったからきっと政治でもそのモデルを成功させることができると思ったのだろう。

キーウの友人に、ゼレンスキーに投票した人はどのような職業の人かと尋ねると、小売店などを経営する小規模の実業家、タクシー運転手などが多かったという回答だった。実力で生きる中流階級以下の人々が多かったようだ。なるほどと思った。

地域別に見ると、西部のリヴィウ州以外で全部勝っている。年齢層で見ると、彼に投票した人の八割は十代と二十代の若い世代だった。投票者の七五〜八二パーセントは大学卒ではなく、高校や専門学校、短大卒の人が多かった。

また、投票日までに誰に投票するかを決めていた人は六パーセントしかいなかった。言い方を変えれば、既存の政治家に飽きてしまってほぼゲーム感覚で投票した。ある社会学者によれば、特に決選投票の際、意中の候補者を積極的に選ぶのではなく、嫌な候補者ではないほうに投票するという気持ちで投票したようだ。そのような流れで選挙戦に勝利したので、おそらくゼレンスキー本人も勝てると思わなかったのではないか。勝利が現実になって困った面もあったかもしれないが、それは誰にもわからない。

スピーチでたどる変化

ゼレンスキーが大統領に選ばれてから二年後に、ロシアの侵攻を受けた。戦争になり、誰もが考えただろう。これからどうなるのか、このまま国を引き渡すか、それとも逃げるか……。誰もが不安だった。それまで政治家としての経験がなく、ウクライナ語が苦手で大統領になってから勉強してきたというゼレンスキーに、懐疑的な人が多かった。このような理由もあって、侵攻の際、地方ではキーウからの命令を待たずに自分たちの力で対処しようとしていた。ハルキウやドニプロ、ミコライウは地域防衛隊を作っていた。

ところが、そこに驚くべきことが待っていた。ゼレンスキーがどこにも逃げないで、キーウにとどまって戦いつづけたのだ。去年の冬には若者たちの間で、「地対空ミサイル・ジャベリンが国外から運ばれてきたのと同時に、キーウの官庁街に勇気も運ばれたのだろう」という冗談が流行(はや)った。涙が出るような嬉しい冗談だが。

ロシアの侵攻から一年以上が過ぎた。この間、ゼレンスキーに対する反応も、ゼレンスキー自身も大きく変わった。もともとエンターテインメントの世界の人で、自己アピールもうまい。こってみよう。

のことは戦争が続くなかでとても必要な技術だということが確認された。ゼレンスキーの変化、政治家としての成長を見るために、やや長くなるけれどこの一年間の彼のスピーチの変化をたどってみよう。

ロシアの侵攻が始まる五日前、二〇二二年二月十九日にゼレンスキーはミュンヘン安全保障会議に出席し、「ウクライナは平和を望んでおり、ヨーロッパは平和を望んでおり、世界は戦いたくないと言い、ロシアは攻撃したくないと言う。誰かが嘘をついていることになる。（ロシアの侵攻は）もはや仮説ではない」と言って、ブダペスト覚書（一九九四年、ウクライナなどの核放棄と引き換えに米英露が安全を約束した覚書）の保証人になった国を強く批判した。強い言葉使いは批判を浴びたが、その直後に戦争が始まって、見通しが正しかったことがわかった。

侵攻当日の二月二十四日の朝には、「パニックにならないでほしい。我々は強い。勝てる。我々はウクライナなのだから」という強いメッセージを発した。まだ朝六時なのにワイシャツに上着姿で、髭を剃って身だしなみを整えていた。

侵攻が始まった翌日夕方、大統領府の前で、最高議会議長や国防相ら三人に囲まれて発した数十秒ほどのメッセージでは「我々は皆ここにいる。我々の兵士も、市民もここにいる。皆ここに残っている。独立と我々の国家を守るために。これからも変わりがない」と言っていたことが印象的だった。「（退避のための）タクシーではなく、武器をください」と頼んだ大統領として歴史に残るだろう。このセリフは有名になって、ポップカルチャーでも使われるようになった。あるバンドが作った「タクシーではなく武器だよ！」という歌も人気である。

三月八日には、イギリス下院議会に向けたビデオ演説で、第二次世界大戦中のチャーチルの言葉を引用し、「我々は森で、野原で、海岸で、町や村で、通りで、丘で戦う」と述べた。そして「私からも追加したい。我々は山でも、カルミウス川とドニプロ川でも戦う。そして我々はあきらめない」と言っている。これ以降、ゼレンスキーをチャーチルに喩(たと)えるようになった。

それまでは元テレビドラマの俳優ということで馬鹿にされていたのに、一人の人間、一人の政治家としての成長の過程を誰もが目の当たりにすることになった。元俳優の大統領と言えば、アメリカのレーガンを思い出す。大統領の一期目にアフガン戦争に直面し、新冷戦と言われる東西対立の時代に戻った。一九八三年春、レーガンはソ連を「悪の帝国」と呼んでいる。これは鋭い指摘で、今回の侵攻とも通じている部分がある。

日本でのオンライン演説も

二〇二二年三月二十三日には、ゼレンスキーは日本の国会でオンライン演説を行っている。外国の元首を含め、オンラインで国会演説が行われるのは初めてだった。「両国間は八一九三キロメートルの距離があるが、自由を感じる気持ち、生きる意欲には差がない。二月二十四日に実感した。日本がすぐ援助の手を差し伸べてくれた。心から感謝している」「アジアで初めてロシアに対する圧力をかけはじめたのが日本だ。制裁の継続をお願いする」「（日本とウクライナは）距離があっても価値観がとても共通している。ということは、もう距離はないことになる。心が同じように温かい」と語っている。

ウクライナの戦勝記念日の五月九日には、キーウ近郊ボロディアンカの破壊されたマンションを背景に、「ウクライナは色のない春を知っている」と述べている。自分たちの世代は七七年前の第二次世界大戦の苦しみを再び経験するとは思わなかったが、その悲劇が繰り返されていると強調していた。

五月十七日には、カンヌ国際映画祭の開会式でオンライン演説を行っている。元俳優としては、映画祭には違う形で参加したかっただろう。だが皮肉な運命によって戦争を仕掛けられた国の指導者として演説することになった。

独立記念日の八月二十四日の演説では、「独立したウクライナの自由なウクライナの人々よ！今日の記念日をそれぞれ異なる場所で迎えることになった。ある人は塹壕（ざんごう）や戦車、海や空で迎え、最前線で独立のために戦っている。別の人は車やトラック、電車で、そして路上で。最前線にいる人々に必要なものを届けながら独立のために戦っている。また別の人はスマホやコンピューターで。同じように、独立のために戦っている。最前線の人々のために資金集めをしているからだ」。

八月三十一日には、ヴェネツィア国際映画祭向けのビデオメッセージで、今回の侵攻で亡くなった三五八人の子どもたちの写真を見せながら、「実話に基づいたドラマ」「一二〇分ではなく、一八九日の長さの恐怖」と表現した。

十二月二十二日のアメリカ議会での演説はとても印象に残った。ロシアの侵攻が始まって以降、初めてウクライナを離れてアメリカを訪問したのだった。議員たちは起立して温かく拍手してくれて、政治家を冷ややかに見る傾向のあるウクライナ人でも、この演説を見て泣いた人も多かった。演説のなかで、ウクライナの自由への支援は将来への支援であると強調し、「ウクライナはアメリカの兵士に、私たちの土地で代わりに戦うように頼んだことはない。ウクライナの兵士は、アメリカの戦車や航空機を自分たちで完璧に扱うことができる」と述べている。

二〇二三年の新年のメッセージでは、ロシアに向かって「私たちはまだ「一つの民族」だと思いますか」と問いかけている。ロシアとつきあうぐらいなら、ガスや電気、水、食料がないほうがましだ、との趣旨で、この演説もウクライナの自由な精神を表している。「邪魔さえしなければ、助けなんていらない」、自力で頑張れるので放っておいてほしい、勝手にさせてほしい。

二〇二三年二月八日に初めてイギリスを訪れて議会で演説したときには、まずイギリスがウクライナを侵攻初日から応援しつづけていることに感謝した。そして、両国の国民はともに、いつまでも悪を打ち負かす精神が伝統のなかに埋め込まれていると指摘。しかしウクライナ人は自由な精神を持っているが、「自由のための翼」、つまり飛行機が足りないと強調し、支援を呼びかけた。

このときのゼレンスキーの演説力、表現力はイギリスで高く評価されている。その一週間後、私が第二次世界大戦のときにチャーチルらが避難していた建物（チャーチル博物館・内閣戦時執務室）を見学したら、案内してくれたボランティアに「あなたの国の大統領は若くて頭がよい」と言われた。やはり、皆がゼレンスキーに注目して、歴史的な評価をしているようだ。

ポップカルチャーでも表現されるように

以前はウクライナ語の発音で強い批判を浴びていたゼレンスキーもこの一年で上手に話せるようになった。ティックトックのクリップで、彼がロシア語の単語を思い出せずにスタッフに確認しているものがあり、ウクライナの人々に非常に好評だった。ロシア語の単語を忘れるとは、二年前には考えられない状況だった。

ソ連の政治史を振り返ると演説の下手な政治家が多かったが、最後のゴルバチョフ大統領だけは上手だった。しかし演説の内容と行動とが一致しなかったので人気がなく、特にチョルノービリ原発事故後は三年間もウクライナを訪れなかったため、ウクライナ人は彼に強い不信感を抱いていた。

ウクライナが独立してからの大統領でいえば、クラフチュクだけが演説がうまかった。子どもの頃から日常的にウクライナ語を使っていたので綺麗に話せた。だが、自分の立場を優先させる人物で、あまり行動的ではなかった。ウクライナ語の演説が上手だったユシチェンコとポロシェンコも、どちらかというと話の内容と行動が異なるタイプだった。それに対してゼレンスキーは、彼のことが嫌いだった人でもこの一年間で大ファンになった。発言と行動が一致している。ウクライナ語の能力も上達し、演説では彼の政治家としての、また一人の人間としての成長が見えている。一気に尊敬を集めるようになった。

これまでの政治家とは違い、権力とともに偉ぶって偶像化せず、カーキ色のTシャツを着て、疲れた顔で微笑む若き大統領である。元お笑い俳優なので、敵を上手に揶揄し、人気がどんどん高まっている。ユダヤ人でもあり、モダンな多民族国家ウクライナにふさわしい最高のリーダーとなった。

親近感を持ちやすい大統領なのだ。だからポップカルチャーで表現されるようにもなった。ゼレンスキーの顔をプリントしたTシャツだけでなく、彼をテーマにした歌が出てきている。ラッパーのミーシャ・プラビリニーイが書いたものはその一つである。その歌詞では大統領を同世代の仲間と見なし、ニックネームで「ウォーワ」と呼ぶ。大統領ともなれば、普通は少なくとも個人名に加えて父称もつけて呼ぶべきだが、これだけでも親近感があって信頼されていることがわかる。「こんにちは、ウォーワ」という歌には次のような歌詞がある。

「私は政治にあまり関心がありません。私にとって、このシステム全体が腐っています」「さあ、大統領、あきらめないでください、私たちもあきらめません。私たちはあなたを信じています、私たちは軍隊を信じています、映画館の出口で会いましょう」

このような歌詞が現れるのはウクライナでは珍しい。先ほども書いたように、ウクライナでは政治家や権力者には昔から信頼がない。選ばれたその日から疑いはじめ、観察するようになる。だからゼレンスキーについても、今は褒(ほ)めていても次はどうなるか、誰も保証できない。しかし、今の段階では最高の大統領だと言える。

（二〇二三年二月十八日）

国民詩人タラス・シェフチェンコ

紙幣の肖像に詩人が三人

先日、日本でお世話になっている人に、「どうして日本には国民詩人と言われる人がいないのに、ウクライナにはいるのか」と質問されたが答えられなかった。確かにそうだ。日本には江戸時代の松尾芭蕉、明治時代には石川啄木、また現代にも谷川俊太郎がいて、日本人の心を表現している詩人として有名だけれど、「国民詩人」とは呼ばれていない。「国民」の定義がなかったからなのか、などといろいろ考えてみたがよくわからない。

ウクライナでは、時代ごとにすぐれた詩人がいた。十九世紀のタラス・シェフチェンコ、二十世紀にかけて活躍したイヴァン・フランコ、また女性詩人のレーシャ・ウクラインカ、そしてソ連時代の一九六〇年代のリーナ・コステンコ、ヴァシル・シモネンコである。今もセルヒー・ジャダンなどがいる。皆それぞれの時代を代表する詩人で、ウクライナ人は詩や詩人に特別な思いがある。

二〇一八年夏に日本から友人が遊びにきて、マイダン広場から少し歩いたところにあるウクライナ美術館へ一緒に行った。コサックのイコンが展示してある一階と、印象派の絵画展が開かれている二階が目的だった。しかし展覧会は休みで、セルヒー・ジャダンの詩の朗読会が開かれることがわかった。会場には一〇〇人くらいの人が集まって、到着が遅れている詩人を待っていた。ジャダンは四十代後半、詩人で作家、またパンクロックバンドのフロントマンもやっている。バンドの歌詞の内容は過激だが、恋愛について繊細な詩を書いていて、女性のファンもたくさんいる。

日本の友人は、集まっている人が多くてとても驚いていた。日本では朗読会にこれほどの人が集まるとは想像できないとも言われた。ウクライナでは、特にジャダンの朗読会だったら普通だと言った覚えがある。

ウクライナの紙幣を見ても、詩や詩人の位置づけがわかると思う。紙幣に描かれた肖像を紹介しよう。一〇〇〇フリヴニャ紙幣は、表がウクライナ科学アカデミーの創設者・初代代表のウラディーミル・ヴェルナツキーと、裏にアカデミーの建物。五〇〇フリヴニャ紙幣は、哲学者のフルィホーリイ・スコヴォロダとその裏にキーウ・モヒーラ・アカデミーの建物。二〇〇フリヴニャ紙幣は女性詩人レーシャ・ウクラインカと彼女の出身地ルーツィク城。一〇〇フリヴニャ紙幣は表にタラス・シェフチェンコ、裏には彼の名前を冠したキーウ大学の建物が描かれている。また五〇フリヴニャ紙幣には、一九一八年に独立したウクライナ共和国の大統領で歴史家のミハイロ・フルシェフスキーと、その中央議会の議事堂が描かれている。

少額紙幣では、二〇フリヴニャ紙幣に詩人イヴァン・フランコとリヴィウのオペラ劇場、一〇フリヴニャ紙幣にはスウェーデンと組んでロシアと戦ったコサック団長のイヴァン・マゼーパとキーウ・ペチェールシク修道院のウスペンスキイ大聖堂、五フリヴニャ紙幣には、一六五四年にペレヤスラウでロシアと交渉したコサック団長のボフダン・フメリニツキーと彼の墓にもなっているスボーティウ村の教会が載っている。また二フリヴニャ紙幣はキーウ公国時代のヤロスラウ賢公と聖ソフィア大聖堂、一フリヴニャ紙幣にヴォロディーミル聖公と彼が作った街が載っている。

つまり、グループ化すると学者、詩人、コサック、政治家に分けることができる。そのなかで詩人が三人も紙幣の肖像になっているから、ウクライナで詩人が尊敬されていることがわかるだろう。

タラス・シェフチェンコ

一〇〇フリヴニャ紙幣の肖像のほか、ウクライナのどこの街にも銅像が建てられているのがタラス・シェフチェンコである。シェフチェンコは一八一四年に生まれ、一八六一年に四十七歳の若さで亡くなった。ウクライナ中部の農民の家に生まれたが、祖先はコサックだった。コサック国家が取り潰されてロシア帝国に編入された際、ウクライナの元コサックも農民になったのだった。

九歳のときに母親を亡くし、父親が再婚したが義理の母に疎まれ、親戚のところに移り住んで苦労していたが、教会の仕事を手伝いながら絵画を独学していた。十四歳のときに地主の小使として雇われ、地主に連れられてリトアニアのヴィリニュスなどを旅し、世界が広がった。地主はシェフチェンコを画家に育てようと考え、一八三一年、彼が十七歳になる頃にロシア帝国の首都サンクトペテルブルクに住まわせ、絵を習わせた。詩を書くようになったのもこの頃だったという。

サンクトペテルブルクではウクライナ人の画家や作家、詩人たちと知り合い、彼らはシェフチェンコの作品を高く評価して彼を救おうとした。シェフチェンコは当時、ロシア王室のロシア語教師を務めていた詩人ヴァシリー・ジュコフスキーの絵を描き、王室に買ってもらった。皮肉なことに、ロシア王室は、のちに偉大に開花したウクライナ人の詩人に悩まされることになる。その彼を解放するためのお金を出してもらったわけだ。一八三八年、彼は農奴身分から解放された。

その後、シェフチェンコはサンクトペテルブルクの美術アカデミーで五年ほど勉強したが、密かにウクライナ語の詩を書きつづけていた。画家としての力量と同じくらい、すぐれた詩を作る才能も持っていた。自身の農奴としての経験、田舎出身の生い立ちというコンプレックス、民族の誇りなどについて考えることもあったのだろう。これまで誰も注目しなかった農民の生活を詩で表現した。画家に専念すれば有名になり、長生きもできただろうが、詩として表現せずにはいられなかったようだ。

アカデミー時代に書いた詩を友人に読んでもらったことから詩集の出版につながった。一八四〇年に発表した詩集『コブザール』は初版一〇〇〇部で、シェフチェンコは一気に有名になった。サンクトペテルブルクで考えていたことは、「私の考え」という詩のなかによく表現されている。シェフチェンコは幼い頃に祖父からコサック時代の話をたくさん聞いていた。当時、ウクライナの歴史は口で伝えられるものだったが、彼は初めてその話を活字にし、詩という美しい形にして、庶民が話すウクライナ語を文学にまで高めた。それまでは、ウクライナ語は農民の言葉にすぎない野蛮なもので、文学や詩を書くことはできないと考えられていたのだ。シェフチェンコは現代ウクライナ語の父とされている。

たび重なる逮捕、そして死

その後は考古学委員会から歴史的記念物を描く画家としての仕事を依頼されるなどして、ウクライナに二回滞在している。だが一八四七年、ウクライナ知識人の反ロシア運動団体キリル・メフォーディ兄弟団と関わっているという疑いで逮捕された。ツァーリの妃を皮肉的に描いた「夢」という詩があったので、辺境の国境警備隊への無期流刑という厳しい刑を課された。シェフチェンコ自身、ウクライナ語で詩を書いて出版することで政府から警戒されるのはわかっていたはずだ。

ちなみに、シェフチェンコの五歳年上で同じウクライナ生まれ、同じくコサック出身のミコラ（ロシア語読みでニコライ）・ゴーゴリもサンクトペテルブルクに住んでいたが、シェフチェンコと違ってウクライナについての作品をロシア語で書いていた。サンクトペテルブルクが嫌いで、ウクライナに帰りたいとずっと言っていたのだが、それでもロシア語で書きつづけたのはそれが便利だったのか、ロシア社会に溶け込むためだったのかは不明である。

劇作家、小説家、そして詩人でもあったゴーゴリについて、文芸評論家はよく「二つの心を持った」人だったと評している。当時のウクライナ知識人の典型で、公式の言語はロシア語、心のなかの言語はウクライナ語というバイリンガルだった。ウクライナの田舎の伝統や歌などをもとにロシア語で作品を書いた。ある意味ではウクライナの文化や習慣、伝統をグローバル化しようとしたが、ロシア帝国はそれを消化し、「ロシア文化」として紹介されることになった。

シェフチェンコはゴーゴリを尊敬していた。ゴーゴリの皮肉的な物言いを受け止め、彼に宛てて書いた「ゴーゴリに」という詩には「偉大なる　わが友よ、きみは笑い、わたしは泣く」とある。

シェフチェンコは獄中でも詩を書きつづけた。「桜の庭」という詩には、ウクライナの理想の日常が描かれている。平和で幸せな家族が、一家揃って桜の庭で食事する光景である。この作品のとおり、ウクライナでは今でも春から夏にかけて、庭の木の下で食事することが日常的なシーンである。この詩を読んだウクライナ人は誰もが、懐かしいおばあちゃんの家や自分の実家、夏を過ごす田舎の家を思い浮かべる。

その後、シェフチェンコは一八五〇年から五七年にかけては、現在のカザフスタンにあたるコス・アラルという気候の厳しい場所に流され、読み書きも禁止されて大変苦労することになる。それでも長いブーツのなかに隠せるぐらいの大きさの紙に密かに詩を書きつづけた。警備する軍人も彼に同情して見て見ぬ振りをした。

一八五五年、ロシアのツァーリ・ニコライ一世が死去すると、シェフチェンコの友人たちは彼が解放されるように力を尽くし、その二年後にやっと解放されることになった。サンクトペテルブルクに戻って画家、版画家として活躍し、貧しい生活を送りながら詩集の出版も準備していた。ところが一八五九年にまた逮捕され、その二年後に亡くなることになる。

シェフチェンコは一八四五年、まだ逮捕される前だったが、ウクライナを旅しているときにすでに「遺言」という詩を書いていた。没後はその詩で語っているとおり、今のチェルカースィ州のカニウにある、ドニプロ川のほとりの丘に葬られた。棺をサンクトペテルブルクから運ぶ際、政府は政治的なデモが起きないように警察官を同行させて厳重に警備していた。亡くなってからも詩人は危険視されたのである。

今も読みつがれるシェフチェンコ

ウクライナ人の民族的な自立を考えるとき、やはりシェフチェンコの詩は欠かせない。人生について、幸福と不幸について、運命について、また母親や未婚で子どもを産んだ女性について、彼はたくさんのすばらしい詩を書いた。書かれた時代とは関係なく、今も違和感なく読める。

シェフチェンコは悲劇的な人生を歩み、政府に何度も逮捕された人物なので、ソ連時代は支配階級への怒りに満ちた詩だけが取り上げられ、「革命的な詩人」として紹介された。しかし社会的な詩ばかりではない。ロマンティックな詩もたくさん書いている。シェフチェンコは人生のなかで恋愛が大きな価値を持っていると考え、愛についての詩やさまざまな女性に捧げた詩も多い。獄中でも「愛する人がいないと、楽しくない日々を送るでしょう」と書いている。また心の安らぎには不可欠なものとして、多くの詩のなかでウクライナの風景や豊かな自然を描いた。

ソ連時代には、独立派の人々もシェフチェンコの詩を大切にしていた。キーウ大学の前にはソ連時代に作られた彼の銅像もあった。それは政府が形だけ顕彰したにすぎず、毎年、彼の誕生日の三月九日に銅像に花を捧げると、「ウクライナ民族主義者」として必ず警察の取り締まりの対象となった。ソ連政府もシェフチェンコの詩の恐ろしい影響力をきちんと理解していた。

シェフチェンコが日本に紹介されたのは、左派的な思想の流れからだった。一九六〇年代に渋谷定輔という詩人・農民運動家がはじめて紹介したが、抑圧された人生についての話題が中心だった。一九九三年になって、ウクライナ文学研究・翻訳者の藤井悦子さんが直接ウクライナ語から訳し（それまではロシア語や英語からの重訳だった）、それ以降何冊か出版されている。二〇一八年に出版された『シェフチェンコ詩集　コブザール』も美しい本で、翻訳した藤井さんのコメントも付けられていて、シェフチェンコの作品をより深く理解するだけでなく、ウクライナの言語学と地域研究に関する一種の参考書にもなる。

ところで、二〇〇五年に藤井さんと『現代ウクライナ短編集』を出したときに、読者から手紙が届いた。その読者は、キーウを訪ねたときに印象づけられた鮮やかな風景とは異なり、私たちの本では暗い作品ばかりで、なぜ明るい作品を訳さなかったのか、という質問だった。実は、ウクライナがこの一〇〇年ほどで生みだした文学作品を見ると、楽しいものは少ない。それは文学というものが国の運命を体現しているからで、残念ながらウクライナが厳しい歴史をたどってきたからだと言える。

戦争が始まってから

シェフチェンコの作品はソ連時代から学校のカリキュラムに入っているが、やはり取り上げる作品は限られている。二〇一四年のマイダン革命のとき、私はもう一回読み直す機会があった。このときには、シェフチェンコの顔をモチーフにしたグラフィティーが現れたのだが、キューバのチェ・ゲバラみたいな帽子をかぶったもので、名前ももじって「シェ・ゲバラ」と呼ばれた。勇気のシンボルとなったのだ。

今回のロシア侵攻後も再び同じ現象が起きた。戦うシェフチェンコの刺激的なポスターがたくさん現れて、私も勇気づけられた。ただ、これほど強い反ロシアのシンボルであるだけに、ロシア軍の占領地域では、彼の銅像や学校に掲げられた顔写真が軒並み破壊された。

最近、ウクライナの人々がよく口にするのは、シェフチェンコの詩の次のような一節だ。

「戦いたまえ、――きみたちは戦に勝つだろう！／神はきみたちを助けたまうだろう！／真理はきみたちとともにあり、／力と聖なる自由はきみたちとともにある！」（「カフカーズ」藤井悦子訳）

シェフチェンコだけでなく、ウクライナの現役の詩人たちも大活躍している。冒頭で挙げたハルキウ出身のセルヒー・ジャダンは、この地を離れず、地域防衛隊を手伝ったり、自分の本をオークションで売った利益を避難者や軍隊に寄付したり、外国メディアに発信したりしている。ハンガリーとの国境に近いウジホロド出身の若い詩人・作家のアンドリー・リュブカは、一三〇台もの車を買って軍隊に寄付した。支援活動の間はそれに集中したため、新しい作品は一行も書けなかったようだ。

詩人や作家が作品を書くのは、静かで落ち着いた、例えば図書館のような環境でというイメージがあるかもしれない。しかしながらウクライナでは、時代によって必ずしもそうではなかったのである。

（二〇二三年二月二十二日）

戦争とビジネス

戦時下のさまざまなビジネス

戦争のときも衣食住は必要だ。高齢者や子どもの世話も必要だから、そのためにはお金を稼がないといけない。戦時下の消費行動とビジネスのあり方、そして経営者が実際にどのように取り組んでいるかは非常に興味深いものだ。

侵攻が始まると、皆家族を西部や国外に避難させるのに必死だったが、会社を経営している人は特に最初の一か月間がより大変だった。従業員、設備、施設を守る経営者の責任もあるからだ。戦争は免責事項に当たるから、被害を受けても保険では補償されなくなる。個人の持ち物もそうだが、会社のものは特にそうだ。そのため、多くの会社は守るのに必死で、西部に避難するところも多かった。

ウクライナのビジネス業界の統計によると、今回の侵攻で四分の一の企業が倒産しているという。倒産しなくてもレイオフ（整理解雇）した会社も少なくない。この一年間、そのような話をたくさん聞いた。一方、逆に一人も解雇せず尊敬を集めた社長がいるという話もあった。どの会社も、営業を再開するのに必死で、まずは二月から四月の段階で会社と従業員を守り、事業の再開をめざした。また従業員が徴兵されたり出国したりして、人材をどのように確保するかに悩んだ会社も多かったようだ。ヨーロッパ・ビジネス・アソシエーションによると、去年四月の段階で二八パーセント、六月に四七パーセントの会社が営業を再開した。その次の段階として、侵攻される前の状態や利益を取り戻すことに努めた。

だが戦時下でも需要が高まり、売上が伸びている分野もある。例えば長持ちする携帯食品がそうだ。以前ドライフルーツを作っていた会社は、関連分野に進出してジャーキーなどを作るようになった。

会社勤めをしていた人が失業し、自営業を始める場合も少なくない。例えば、田舎の実家に避難している際、ネット環境が良好で、おいしいコーヒーが飲めて、シェルターがある喫茶店がないと気づき、西ウクライナでお店を開いた人がいる。

ミリタリー系のファッションの服を作る会社も増えた。戦争だから贅沢はできないが、ゼレンスキー大統領と同じようなカーキ色のジャンパーが欲しいという人は少なくないので、そこでビジネスが成り立つ。実はゼレンスキーが着ているミリタリー・ファッションの会社も、西部に避難し事業を継続している。その会社の若い経営者は、地元のアパレル意識をも変える影響力がある。古い職人の文化に、外国から学んだ新しい経営法を取り入れているのだ。

　空襲警報が出たときに皆が避難するために、丈夫なシェルターを作る会社も現れた。建設会社と手を組み、新築のアパートにＷｉ‐Ｆｉが飛ぶきちんとしたシェルターを作る。建設関係の商品や道具を作り、丈夫な建物を建て、そして修復できる会社も求められている。

　自動車の修理や設備の製造、部品の会社も売上を伸ばしている。やはり戦争のときには、自動車は軍隊だけでなく一般市民にとっても欠かせないものであると気づかされた。以前のように新しい車を買えないので、中古車の販売やメンテナンスへの引きがある。

　二〇二二年六月からはＥＵへの輸出に関税がかからなくなったので、特に食料関係の商品を輸出する会社も増えた。この結果、二〇二二年のウクライナの貿易統計によると、ＥＵへの貿易が約四割を占めた。また国外に商品を売るための仲介をしているコンサルティング会社も増えた。国外に避難し、現地のビジネス環境を調査してビジネスチャンスに変えたウクライナ人もたくさんいる。

　今回、国外に避難したのは女性と子どもがほとんどだが、ウクライナの女性は積極的で家族や子どもを大事にするので、経済的・環境的に自分の生活を整えたいという人がほとんどだ。例えば、スペインに乳児と避難した知人はもともと栄養士で、ほぼ二か月間で英語のウェブサイトを立ち上げ、顧客を国際的に広げている。その一方で、子どもの世話に疲れて、キーウに残った家族のことが不安で気が休まらないことにも気づいた。そこでバルセロナにさまざまな美容サービスを提供する場を作った。一〇〇平方メートルの綺麗な空間を借りて、そこにウクライナから避難してきた美容師、ネイルアーティスト、マッサージ師を置いて運営しはじめた。新しい職場ができ、お金を稼ぎ、皆で集まる場にもなるのでいいことだ。

一方、国内でも西部の地方に移転し、全く新しいビジネスを始めた会社も少なくない。戦争のときも消費量が変わらないどころか、増加しているものもある。それは食べ物、子ども用のものやおもちゃなどである。どこの国でもそうだが、ウクライナの親たちも子どもを大事にするから、子ども関係の商品は市場拡大の大きなビジネスチャンスがある。戦時下でいろいろな苦労をしている自分の子どもの安全や教育、遊びをきちんと守ろうとする親が多いのだ。私立のシェルター付きの幼稚園や学校も現れている。

ウクライナ人は子どもだけでなく大人も自分の誕生日を大切にするが、戦争のときでも子どもの誕生日会をきちんと開こうという人が多い。そのようなニーズから、子どもの誕生日パーティー開催を助けるイベント会社も増えている。

ウクライナの親たちは、子どもの習いごとにも熱心だ。コロナ禍の頃からオンラインの消費が拡大していたが、侵攻後も国内外に避難した子どもが外国語や数学、絵画、音楽、ダンス、歌、時にはスポーツといったもののオンラインレッスンを続ける場合が多いのだ。コロナ禍の三年間で、オンラインで学べる仕組みが整ったと言えるだろう。

戦争だから休んではならない？

もう一つ、意外に大きな市場がレクリエーションである。戦争が続いているから、本当に気を緩めて休める機会は少ない。そのなかで「癒し系」「プチ休み」と言えるような商品が売れている傾向がある。

例えば、三時間だけ休むという商品がある。軍隊から休暇で帰ってきた人向け、また停電や空襲警報でいつも神経が張り詰めていて休めない人に向けて、安心して休めるパッケージを提供するビジネスである。三時間でキーウの街をめぐるツアー、マッサージのパッケージ、サウナ、マニキュア、小さな映画館の貸切サービスなどだ。もう少し長い時間だと、地方への日帰りツアーも人気である。

いろいろな商品が提供されていても、やはり私たちには戦争のときに休んではならないという思い込みがある。しかし、戦争のときでも心が燃え尽きてしまわないために、気分転換をしたり休んだりする必要があると心理学者も強調している。そこに罪悪感を覚える必要はないのだ。だがほとんど誰もがそのような思い込みを持っているため、メディアや心理カウンセラー、また有名人が自分の経験について語りながら、その社会規範を変えようとしている。

戦争中に笑ってはならない、休んではならない、また旅行などを楽しんではならないと思っても、それは誰にもプラスにならないし、戦争にも勝てないと最近よく言われている。まずは自分の心身をしっかりメンテナンスする必要がある。戦争という日常だからこそ、日々の生活を充実させるべきなのだ。

　もしも罪悪感が消えない場合は、自分よりも大変な状況に置かれている人に対して寄付をするのがよいだろう。ウクライナでは周囲にそのような人がたくさんいる。軍隊に志願した同僚、友人の息子、知り合いの夫など。また一人暮らしの高齢者、障害を抱えている人も楽な状況ではないだろう。

　戦争という日常を忘れるために、場所や空間を少しでも変えることも必要だ。郊外へ行って自然と触れ合ったり、釣りをしたり、自転車に乗ったりすることも推奨されている。どこにも行けないのであれば、家に花を飾ったり植物を買ってきて育てたりするのもいい。私も、去年の春先にチューリップを買い、花瓶に飾って花が開くのを見て毎日楽しんでいたことがある。

　ウクライナからは飛行機が飛ばないので、国外に行くのは大変な仕事になった。それでも行く人がいる。キーウから車か電車でポーランドやスロヴァキア、ハンガリーの国境を越える。ワルシャワ、ブラティスラヴァ、ブダペストからなら、飛行機でどこにでも飛ぶことができる。だが、残念ながら時間はかかってしまう。私の教え子の学生は三日間のプチ旅行でイタリアへ行ったが、ポーランドで飛行機に乗るまでにまる一日かかったと言っていた。ボルィースピリ国際空港のターミナルDは日本の円借款で建設されたものだが、ここだったらキーウ中心部からタクシーで四〇分程度でアクセスできるため、飛行機に簡単に乗れた時代はよかったなあ、と残念がっていた。

　ストレスが体に染み込み、首や肩の筋肉が固まってしまってリラックスできない人もたくさんいる。医師はやはり運動を勧めているから、二〇二二年の春からは再開したジムも多いのだ。十月以降、キーウのインフラへの攻撃が続いているが、暗いなかで頭に懐中電灯をつけてトレーニングを続けている。帽子に電灯（電球）が付けられているものを買った人も少なくないようだ。

危機になるとパンが売れる

ここからはある知り合いの経営者兄弟の取り組みを紹介したい。

ウクライナ西部で、イースト（酵母）とペットフードの会社を兄弟で経営している友人がいる。ロシアに侵攻されてからも、さまざまな問題を乗り越えて頑張っている姿を見るのは嬉しい。だが、新聞に出ないような辛い話もたくさんある。

最後まで戦争になるとは信じたくなかったが、国際メディアが騒ぎはじめた二〇二一年十二月から少しずつ準備を始めていた。気にしすぎかもしれないと思いながら、三〇〇人も働く会社だからと、万が一のためにシェルターを準備した。役に立たないでほしいと思いながら、空襲警報が出たときのシミュレーションと避難訓練をした。本当は「カイゼン」が好きで在庫を持たないようにしているが、念のために二か月分の材料を備蓄した。ウクライナで買えるものは全部揃えた。そのなかには、東部で製造している硝酸や硫酸、包装用の材料などもあった。戦争が起きても影響を受けずに二か月間は製造できるので、とりあえず安心だと思ったという。侵攻が始まっても二～三人しか避難せずに済んだ。

二月には、ポーランドの物流と販売の関係者から、「従業員の子どもたちを保護者とともに引き受けましょうか」という申し出を受けた。最初は誰も行く気がなかったが、空襲警報の回数が増えて、ミサイルも飛んでくるようになると、希望者が出てきた。結局、数百人をポーランドに避難させてもらった。ポーランドの取引先の社長も、自分の家に六人住まわせてくれた。小さな田舎町だったが、子どもは学校で授業を受け、週末には観光もさせてくれた。とても自然な形で助けてくれたので、皆とても感謝している。

会社の敷地にもミサイルが飛んできた。だがオーストリア＝ハンガリー時代に築かれた頑丈な塀の向こう側に落ちたので無事だった。ソ連製のミサイルだった。

この会社はウクライナ各地に工場を三つ持っている。西ウクライナ以外の二つはハルキウとクリヴィーイ・リーフにある。侵攻当初は東部の二工場が稼働できなかったが、製パン用のイーストが非常によく売れた。コロナ禍の時期もそうだったが、人々が危機感を強く持つときによく売れるらしい。店に買いに行けないかもしれないと恐れて、家でパンを焼くために買う人が増えるようだ。逆に平和な時代には、人々は安心して自分の健康を気にするようになり、パンの消費が減るようだ。

東部の二工場も製造を再開し、商品の五割は国外輸出用である。一年前にウクライナの通貨フリヴニャが下落したときに国外からの融資を得て、新しい工場施設を建てていたことも役立った。大変な状況のなか、輸出先の関係者は一人も取引を止めなかった。もちろん、万が一製造が止まった場合の「プランB」も考えていたが、戦争だから取引をやめますとは誰も言わなかった。特にクロアチアとドイツの取引先の人々はすばらしく、輸出量も伸びた。クロアチアからは、「我々も戦争を経験している。平和なときによくやっている会社は戦争のときも大丈夫だ」と勇気づけてくれた。

ロシアの工場を二束三文で売り払った

数年前、パンの消費が減りはじめていることに気づき、この会社はイーストを他に利用できないかと考えてバイオビジネスにも進出していた。バイオテクノロジーの研究開発（R&D）部門も持っている。侵攻が始まったとき、攻撃のターゲットになる危険性があったので、まずは会社のウェブサイトを閉じた。そして密かに軍隊に寄付した。一年に一回春に、イーストのひとつのブランドの売上の二割にあたる金額を軍隊に寄付する、と発表して、四〇〇万～五〇〇万フリヴニャを寄付している。

侵攻が始まる一年前から、新しい工場を建てるために建設費の半分を借り入れた。侵攻後、数週間は工事が止まった。当初は二〇二二年夏にオープンする計画だったので、三月半ばには工事再開を決めた。工事を止める意味がないと思ったのだ。ウクライナの将来を強く信じているし、それが会社の方針でもあるので続けることにしたという。二〇二三年二月末にオープンすることになり、国外の関係者を招待したが、やはり戦争のため誰も来なかった。それでも無事に操業を開始した。

新しい工場で作っているものは二つある。一つは家畜用のサプリメントだ。パンの消費が減少傾向にあるなかで畜産業に目を向け、イーストから鶏や豚、牛が自然に体重を増やせるサプリメントを作った。今では国内だけでなく、二四か国に輸出している。アジアにも販売網を広げる計画で、日本では北海道の酪農家に話を持っていこうと考えている。

もう一つの商品は調味料で、イースト由来でうま味を自然に引き出す。最初の宣伝用の商品は国外に送った。二〇二二年秋には、パリで侵攻後初の国外展示会を開催した。そこでは「ウクライナだから関わりたくない」という反応はなく、逆に「ウクライナ製」というブランドがプラスに働いた。もちろん、ブランド性だけでは長続きしないから、商品の質がよくなければダメだ。ヨーロッパでプロバイオティクスのイーストと、イーストでできた家畜用サプリメントを売るためには許可が必要で、それはすでに取得してあった。新しい施設を建設するための借金は予定どおりに返済している。四〇〇人の従業員には給料も払いつづけていて、退職者は一人もいない。

ただ、空襲警報によって仕事の効率は落ちる。イーストは空気と接触したら発酵するので、時間どおりにパッケージ化しなければならない。警報が出るとシェルターへ避難しないといけないので、それができないときもある。だがこの一年間、売上もEBITDA（利払い前・税引き前利益、減価償却費の総和）も伸びた。

実はこの会社はロシアにも工場があった。だが、二〇一五年にカナダの企業と共同で出資した会社に譲った。二〇二二年三月十日には、カナダの合弁先に残りの持ち分を一〇〇ドル程度の値段で売った。そのような嫌な資産を持ってはならないと思ったそうだ。合弁先からは、今後五年間の利益の半分はあなたたちが好きなようにしていいと言われたというが、とにかく手放したかったのだという。

この経営者の子どもは国外にいる。時々会いに行くし、遊びに来ることもあるという。この状況下でビジネスをするのはどんな感じかと尋ねると、「もう慣れた」という返事が来る。ミサイルがどちらから飛んできているか区別できるようになった。ベラルーシから飛んでくるドローンと、カスピ海から飛んでくる危険物は、音で区別できるそうだ。

今はどこから元気をもらっているのかと尋ねると、毎朝七時からジムやプールでパーソナルトレーナーと運動しているので、そこから元気をもらえるのだという。家にもジムがあるのになぜ外に行くのかを尋ねると、シェルターとして使っているからと笑いながら答える。一人で運動していてもつまらないとも言っていた。

一番大変だったのは、停電でインターネットが落ちたときだった。情報が入らないときは本当に不安になる。電池式のラジオを買って少し安心したという。最初の数か月間は読書や映画鑑賞も全くできなかったようだが、今はネットフリックスで映画も観ている。

侵攻後、初めて国外に出たときに、海岸沿いの喫茶店でリラックスして微笑んでお酒を飲んでいる人を見たときにとてもショックを受けた。辛かった。なぜ自分の国は苦しい目に遭わなければばならないのかと問いつづけた。

ある男性の従業員は、最初の九か月間は休みは要らないと言って、休暇なしで働いた。最初に連休をもらって休んだのはクリスマスだったかもしれない。「アドレナリンで走っている」ような状態だとわかっているので、特に感情を表に出さない彼のことを心配しているという。

戦争下でも事業拡大

この兄弟はパン用のイーストの売上が減るのを見越してペットフードも作っている。コロナ禍で、家に長時間いるのでは寂しいし、散歩の理由が欲しいということで、犬や猫を飼う人が増えた。そのためペットフードの消費量も増えている。またロシアのメーカーが二〇一四年以降、ウクライナ市場からほぼ撤退したので、シェアを拡大するチャンスになった。設備投資、新技術の導入、新商品も開発していたので、大きく発展した。今では三二か国にペットフードを販売し、一三〇〇人の従業員が働いている大きな会社だ。コロナ禍の最中にリトアニアにも大きな工場を建て、ウクライナからの輸出ではなく、EU圏内で製造して直接ヨーロッパ市場で売ることにした。

ペットフードの会社だから、動物にやさしい食べ物と環境を作るために努力を続けていた。ペットの世話や動物の心理を説明するラジオ番組まで制作していた。従業員は会社に飼い犬や猫をよく連れてくる。ウクライナ全土で「自分のペットを会社に連れてこよう」というキャンペーンも展開した。とても興味深い、新しいことに挑戦する会社だ。戦争が始まったとき、捨てられた犬や猫を会社で世話をして、新しい飼い主を探すことまでしていた。

国内の避難者が西ウクライナに多く移り住み、それまでは自分で犬の食事を作っていた人も市販のペットフードを使うようになり、売上は伸びを見せた。戦争で犬や猫も避難生活をしなければならないので、かわいそうだと思う飼い主が多い。もう少しよいものを買おうとするので、プレミアムセグメントの商品を増やした。アメリカやヨーロッパの国々にも輸出している。

戦争のときも将来に向けて明るく頑張っているこの兄弟からは見習うことが多い。

（二〇二三年三月三十日）

「向こう」の友達

あの日、かかってきた電話

私には昔からのロシア人の友人が何人かいる。二月二十四日の昼に電話がかかってきたが、出られなかった。何を言えばいいか、よくわからなかった。一人はサンクトペテルブルクに住む現役の実業家で、その日は国外出張から帰ったところだったという。ラジオでニュースを聞いて電話してきた。私が出なかったから、留守番電話に「これはありえない。ありえないことだ。ごめんなさい」というメッセージを残してくれた。

もう一人、二十代からの友人は、私が電話に出なかったらSNSに「大丈夫?」と一言書いてきた。「大丈夫。皆生きている」と答えたら、「辛抱して。(ロシア軍がウクライナ)東部より先に進まないことを祈る」と返ってきた。けれどもそのとおりにはならなかった。

その後もときどき、「大丈夫?」と一言だけ尋ねられることがある。

今になって振り返ってみたら、戦争が始まる直前の一月に、前触れがあったかもしれない。何かあるという警告だ。「向こう」の国のあるスポーツ選手にオンラインでインタビューしていたときだった。最後に「あなたの家は寒くない？」と急に尋ねられた。理由がわからないまま「暖かいですよ」と答えたら、「もうすぐガスが止まるから寒くなるよ」と笑いながら言われた。おまけに「外に出るときは気をつけろ」とも言われた。理由を尋ねたら、「キーウは最近、大通りに民族主義者の名前をつけて呼んでいたりして、過激なナショナリストが多いから気をつけろ」と言う。そのときは「いいえ、そんなことはありません。うちの街の通りにはサッカーの有名な選手やコーチの名前をつけていますよ」と笑いながら返事したのだが……。

まさかその一か月後に、FCディナモ・キーウの監督を二〇年近く務めた（ソ連やウクライナの代表監督も務めた）ヴァレリー・ロバノフスキーの名前をつけた、ロバノフスキー大通りにあるマンションにミサイルを飛ばし、その一九階と二〇階を破壊するとは思いもしなかった。そのマンションは私が通っていた学校の隣に建っているから、私も大きなショックを受けた。考えてみたら、私が子どもの頃、ソ連時代にはそこに軍事施設があった。ソ連崩壊とともに施設が閉鎖され、その土地は再開発されて立派なマンション地区になった。今になってここにミサイルを撃ち込むとは、古い地図を使っているのではないかとさえ思った。

子どもの頃によく歩いた道にミサイルが飛んでいる二月二十四日の映像を見たときのショックは、今でも忘れられない。ここまでやるのだったら、戦争はすぐに終わらないかもしれないという予感が頭をよぎったが、認めたくなかった。そのときにはオンライン・インタビューのときの会話もすっかり忘れていたけれども。

ロシア人の友人は皆男性だ。知り合ってから二〇年以上になる。けれども侵攻が始まってからは話さなくなった。話す気にもならない。相手の立場はよくわからないし、古い友情を壊すのも嫌だったので、しばらくそのままにしておいた。そのなかの一人は三月初めに謝ってくれた。「今回のことは今話したくないので、いつか話しましょう」と答えたら、「これからも話すことはないかもしれない。あなたは許せないという気持ちで、僕は恥ずかしいという気持ちでいる。あなたの経験したことがひどすぎるし、僕もいい気持ちでいられない立場だから。話せないでしょう」という返事が来た。私たちの心情をうまく示した表現だった。だが話さないままだと、そのまま自然に友情が終わるような気がした。

ウクライナ人のロシア観

ロシアやロシア語に対するウクライナ人の気持ちは、歴史的・文化的にさまざまな経緯を通して形作られてきた。一六五四年、ボフダン・フメリニツキーを代表とするコサックたちは、自分たちの国を守るためにロシア帝国に対して自治権を保障させる条約を結んだが、そのままロシア帝国に併合されて植民地となった。

だがつい最近まで、「植民地」という表現を使わない研究者も少なくなかった。一般的な定義として、植民地とは宗主国から見れば「外部」のものだが、ロシア帝国は植民地を内部化していった。つまり、近隣の土地に手を出して自分の領土に加えるという形だった。「植民地」と見なすかどうかは、ウクライナが国として存続してきたのか断絶したのかという問題につながるのだ。ロシアはウクライナ、コーカサス、中央アジアと植民地を拡大しながら極東開発にも取りかかり、コサックの運動を抑える目的もあってシベリアにコサックたちを送りこんでいた。そのあとにはうまい話を並べるなどして、農民を開拓民として送って土地開発を進めていた。

他方では併合によってウクライナが大国の一部になったことを生かし、ロシア社会のなかで自分の道をより積極的に切り拓く可能性が生まれたので、ロシア帝国でのキャリアを積み重ねた人も多い。だが、ウクライナ人は自分のアイデンティティーについて人前ではあまり話すことができなかった。自分のルーツを忘れず、密かに研究したり執筆したりする例もあった。ロシア帝国で弁護士として活躍する一方、ウクライナの民謡を収集し、ウクライナ史の本を書いたミコラ・アルカス（一八五三〜一九〇九）はその一人である。その『ウクライナの歴史』は一九〇八年にサンクトペテルブルクで出版されて人気を博した。

一八六三年にはワルーエフ法によって、ウクライナでのウクライナ語の使用、出版、演劇の上演が禁止され、それはロシア革命まで続くことになった。ロシア革命後は一五の共和国それぞれの言語や文化を認めるコレニザーツィヤ（現地化）と呼ばれる政策も進められたが、ウクライナの場合は一九三三年に人為的な飢饉（ホロドモール）が作りだされて「ウクライナ化政策」は廃止されることになる。ソ連時代には、ウクライナの文化や民謡、踊りなどが、「ソ連の文化」として外国向けの宣伝に使われることも多かった。だが、青と黄色の旗を出すのは一線を越える行為だった。つまり、地方のアイデンティティーが利用される一方、民族主義には厳しい統制が加えられたのだ。

植民地時代以来、「自己」を表に出せない時代が三五〇年以上も続くと、どうしても勝利者・支配者の側の言語を学ぶし、その社会に溶け込むことになる。そこに入ろうとしない者は命を落とすことになるので、他に道はなかった。言語に罪はないが、その言語で何を議論し、何を作り上げたかが大切だ。

私が出会ってきたロシア

昔のことを思い出すと、私は中学校のロシア語の先生が大好きだった。背が高くて声が綺麗なアラ・ペトロブナ先生だ。ユーモアのセンスもあって、他の先生が手を焼くクラスの悪戯っ子も先生の冗談を楽しんでいた。皆がよく笑うクラスだった。先生はウクライナ東部の、炭鉱業のさかんなドネツク州エナキエボ市の出身だった。夫は炭鉱で働き、お酒を飲んでよく暴れていたので、結局離婚して娘二人とキーウに引っ越した強い女性だった。今も九十歳近くだが健在で、ときどき電話で話すことがある。今回の戦争では一時ドイツに避難していた。

彼女のクラスで勉強したロシア文学、また課題の作文も印象的で好きだった。もっと読みたくて、出版社に勤めていた父に、ソ連時代には読みたくてもなかなか買えなかった本をたくさん買ってもらった。冬休みに家に籠もって読んだロマンティックなプーシキン、激しいレールモントフ、川の流れのような文章のツルゲーネフ、自然をよく描くプリーシヴィン、恋を上手に描いたブーニン、第二次世界大戦についてたくさんの詩を書いたコンスタンティン・シモノフの作品はとても印象的だった。一生の宝物になった。まさか、この人たちが皆プロパガンダに使われるとは思わなかったけれど。

ロシア映画も昔から好きで、多くの作品を見てきた。ただ、今回の侵攻が進むなかで、ニキータ・ミハルコフ監督の『シベリアの理髪師』に出てくる会話が思い浮かんだ。それは「ロシアでは命の値打ちはどうやって決まるのか」「それは「誰の命か」次第だ」というものだ。確かにそうだ。一般市民の住宅や病院、学校にミサイルが撃ち込まれ、たくさんの人が死んでいる。人の命を尊重しない古いロシア帝国の伝統としか思えない。

まだ平和だった時代にロシアの友人とお酒を飲むと、二杯目には必ず「(ウクライナはじめ各共和国は) どうして独立してしまったのか。ソ連は大きくて強い国でよかったのに」という話題が出たことを思い出す。どの集まりでもそうだった。

また、ウクライナ語で最初の小説を出したときに、「なぜウクライナ語で出したのか」と尋ねられたことも記憶に残っている。何と答えればよいか戸惑った。ロシア語でももちろんいくらでも書ける。けれどもある深い問題について、例えば愛や友情、実家への思いなどについては、

「お母さんと話す言葉」で書いたほうが表現しやすいかもしれない。こんなふうに書くと笑われるかもしれない。でも言いたいことはわかってもらえるはず。自分の生身の心は母から教わった言葉でこそ表現できるということ。

ロシアの友人とは、今でもこの話題についてきちんと話し合っていない。実はこんないきさつがあった。

ブチャの虐殺について、一人の教え子から話を聞いた。両親が民間の老人ホームを経営していて、侵攻が始まる前から危険な空気だったため、歩ける高齢者は家に戻すことにした。だが寝たきりの高齢者はどうしても動かせない。建物にはやや広い地下室があったので、そこに食料などを運びこみ、侵攻後に数週間隠れて暮らしていた。幸い見つからずに済み、ロシア軍の撤退後にようやく外に出て近所の人を訪ねたところ、「死んでいると思った」と泣きながら抱き合って、虐殺の話も聞くことになった。

ロシアの友人にその話をしたところ、返ってきたのは謝罪ではなくこのような返事だった。

「あなたが言っていることに疑いはない。戦争とはこんなものでしょう。人間の文化的な外面が剝がれて、動物的な内面を見せる。あなたと私みたいなインテリとは違って、どちらの国でも田舎者はより動物的な面を出しやすい。そのような人がマシンガンを手にすればこのようなことが起きる。野蛮人はずっと我々のそばにいるので、自分の人間性を保つのが大事だ。残念だが今のところ他にできることはない。気をつけてね」。正直に言って四月初めのこの時期、偉そうな哲学的議論ではなく、ただ謝罪してほしかったし、また慰めてほしかったが、叶わなかった。それ以来、誕生日にメッセージを送るだけの形式的なつきあいにとどめている。

国への想いは人への想いから始まる。その国の人が書いた本や音楽から愛が生まれる。戦争をして一般市民が殺されると、その国への想いも変わる。

先日、ウクライナで最も有名な社会学者ヴォロディミル・パニオットの発表を聞く機会があった。二〇年前と二〇二二年二月二十四日以降を比べると、ロシアやロシア人に対する好感度は九〇パーセントから三四パーセントに落ちてしまったという。

また、ウクライナ政府や軍隊への信頼感が高まった。去年八月の段階と比べ、軍隊は六八パーセントから九四パーセントへ、大統領は三六パーセントから八〇パーセントへ、そして政府への信頼も一八パーセントから三五パーセントへと約二倍になった。もともと政府や役人を信頼しない傾向が強いウクライナ人だから、それは大きな変化だと言える。

侵攻からもう一年が過ぎたが、一九階と二〇階が攻撃されたロバノフスキー大通りのマンションの住人は自力で修理して、そのまま住みつづけている。戦争が始まってから、ロシアの友人とはまだ会っていないし、こうした破壊行為について話もしていない。

最近、去年冬にもらったメッセージを読み返した。受け取ってからしばらく時間が経ったので、読んでも冷静でいられた。いつもなら普通の会話で済むが、やはり戦争という状況だから、違う言葉を選んでほしかった。彼らには一回会って話をしたい。彼らが声をあげなかった結果、プチャの虐殺を許してしまう社会を作ったのだから……。話したあとも友人のままでいられるかはわからない。国と国の関係も人と人のつながりがもとになっている。今回の戦争が終わっても、トラウマや相手に対する不信感、怒りなどがしばらく残るだろう。もう昔みたいに呑気に話せないかもしれない……。

（二〇二三年二月二十八日）

おわりに――ウクライナ人にとっての国境と故郷

二月二十四日の朝

二〇二二年二月五日に『国境を超えたウクライナ人』（群像社）という本を出してから三週間足らずの二月二十四日朝五時前、ロシアのウクライナ侵攻が起きた。キーウで私が通っていた学校の隣のマンションにミサイルが撃ちこまれ、次の日には私は家族をキーウから避難させるのに必死だった。

私の家族も含め、多くのウクライナ人は私が書いた本の題名どおり、国境を越えて避難民になるとは想像もしなかった。しかもディアスポラ（移民）を研究してきた歴史家として、自分の研究テーマが私の人生そのものになるとは思いもしなかった。

ロシアの侵攻が始まってから、もう一年以上が過ぎた。ウクライナ政府の発表によれば、二〇二二年九月の段階で九〇〇万人、現在では一四〇〇万人以上のウクライナ人が国外に出ているという。その数字を聞けば、ニュースで見る被害だけでなく、ウクライナという国の社会や文化、とりわけ経済に与える影響がわかってもらえるに違いない。

二月二十四日、皆が朝の深い眠りのなかにいた五時前に、ウクライナ各地の町が空爆された。多くのウクライナ人が命を守るために西に向けて動き出した。しかしその後、西ウクライナも空爆されて安全ではないことがわかったので、多くの人が西の国境で救いを求めるようになった。

コサックの時代から西の国境は堅固だったが、東はそうでもなかった。そして今回も昔のようにウクライナは東と北から攻められたが、今まで堅く閉じられていた西の国境がウクライナ人の命を救うために魔法のように開き、国境を越えたい人々を受け入れてくれた。ウクライナのIDがなくても、車に乗っていても歩きながらでも、犬や猫を抱えていても、西の国境を越えることができ、多数のウクライナ人の命が救われた。それまでEUに加盟したいと努力していたウクライナが、結局は一人ひとりの個人の単位でEU圏内に入り、避難させてもらって生活しはじめた。

そして私たちは、あらためて「国境」と「故郷」について考えさせられた。自分の国の歴史、また国の歴史の一部である家族史についても。

他者に決められた国境

ウクライナの領土はコサックの自由な時代を味わったあとに、ポーランド、ロシア、オーストリア＝ハンガリーの支配下に入った時代があった。そして長い間、他国の人によって地図が作られ、国境を決められてきた。

今回もかつての帝国時代と同じように、ロシアはウクライナのなかに新たな国境線を引き直そうとしている。昨年からの出来事は、そもそも二〇一四年春のクリミア併合から始まっていたが、その時点では国際社会の見方が甘かった。そこで、ロシアはドネツクやルハンスクをウクライナから切り離そうとする動きを始めた。

しかし、この一〇〇年ほどの間にウクライナは二回も独立国家となっている。最初は一九一八年一月に成立し、形を変えつつも二年未満しか存続できなかったウクライナ共和国である。その後、国土をソ連に占領されたため、政治家や知識人の多くが西の国境を越えてヨーロッパに避難した。一般市民もソ連政権がほぼ定着する一九二二年までに国外に出た。多くの人がオデーサ経由でイスタンブールへ行き、そこからヨーロッパやアメリカに渡った。

一八六一年の農奴制廃止後、農民たちがもらった土地の区画に納得できず、極東の開拓に向かったときも同じだった。多くのウクライナ人が極東やシベリアに移住し、そこで富を築いた。一九二二年に確立された社会主義連邦の政権下で生きたくない人々もまた、国境を越えてハルビンに移っている。ウクライナ人は昔から、経済的な理由だけでなく、政治的な理由から国を離れてきた歴史がある。

ウクライナ共和国時代とは異なり、現在のウクライナは長い独立の時代を経験してきた。一九九一年八月二十四日にソ連から独立し、二〇二一年夏に三〇周年を迎えた。だが、その半年後にロシアが侵攻してきたのである。二十世紀はじめと同じく、多くの一般市民が国境を越えようとした。とはいえ、自分の国で自由な生活を経験してきたのだから、他国に住み続けたいとは思わなくなっているのが実情だ。

自分の住む街に遠くからミサイルが飛んできて、ウクライナの人々は身近に命の危険を感じた。早く国外に出た人はまだよかったが、長くシェルターにいた友人もいる。もしかしたら、その人たちは命の危険に対する感覚が麻痺(まひ)させられていると言えるのかもしれない。

かつてのソ連時代の現実には決して連れ戻されたくないウクライナ人。この三〇年で、そのときのことを全く知らない世代も成長してきたし、当時は中学生や高校生だった人たちが政治家になり、大統領にもなった。外からのプロパガンダがどんなに流れてきても、独立前の不自由と独立後の自由の違いもよくわかっている。移動の自由、共産党員の子どもでなくても自分の好きな外国語を勉強できる自由、国外へ行って現地の人と普通に会話できる自由……。独裁政権下では思う存分に味わえなかった自由を知った人々は、国民を貧乏にし、一チャンネルしかないテレビで「正しい」ニュースを流し、自分たちをコントロールする時代遅れの独裁政権にはもはや戻れない。

ウクライナに持ち込まれた今回の戦争は、ソ連と離れる最後のポイントになるだろう。今までロシアに親近感を持っていた、ロシア国境に近いハルキウやスームィも、激しい空爆を経験してからきっぱりと脱ロシア化し、自分のアイデンティティーについて考え直した。先に触れたように、侵攻が始まってから、ウクライナ人のロシアとロシア人に対する印象が急激に悪化している。

オーストリアとハンガリーの国境にて

この戦争が始まったときに、日本の友人から「大丈夫ですよ。地球のどこかで絶対に生活できますよ」と言われた。確かにそうかもしれないが、今回の経験はある意味で一九八六年のチョルノービリ原発事故後の夏の経験にも似ているかもしれない。

あのときも、持って歩ける程度のカバンに必要最低限のものだけを入れて、私は家を離れた。当時も再び家に帰れるかどうかわからなかったが、今回が大きく違うのは、私はもう子どもではないということ。世話をしてもらうのではなく、世話をする側であり、物事を決める立場になっている。知人の言い方を借りれば、我々の世代は急に社会の最前列に並ばされて、それにまだなかなか慣れないでいる。

「女と男、そして子どもたちの戦争」の節で触れたように、子どもたちの世代は避難先ですぐに友達もできて、外国語を身につけるのも早い。子どもたちが描いた絵には黒色が多く、そこに体のなかに眠っている戦争体験が見えるけれども。だが高齢者は違う。落ち着いた生活から急に違う場所に移動させられて、慣れない毎日を過ごす。春になって畑に種を撒く時期になると、家に帰れない高齢者のなかには外国の畑を見て泣き出す人がいるのが辛い。避難先の外国で、ガーデニングのお店の前を通りかかると、呪いの言葉を口にする高齢者も少なくない。農業が体に染み込んでいるウクライナ人は、住む家だけでなく、年間の大事な伝統行事も奪われたのだ。

二〇二二年三月、親戚に会うためにウィーンからブダペストに電車で向かったとき、ヨーロッパの国境の透明さに感動した。ウィーンを出発してわずか一時間以内で国境に近づき、野原のなかに電車が止まった。そして「ウィーンに来ていただき、どうもありがとうございました。楽しかったでしょうか。これからハンガリーとの国境を越えます。またぜひ遊びにきてください」という元気な声が車内に流れた。そしてまた一瞬止まってから、誰かが書類の確認に来ることもなく出発した。こんな楽しい国境線を、私は経験したことがなかった。ウィーンに帰るときもほぼ同じだ。EUのすごさだと思わずにはいられない。

ブダペスト駅では、避難してきたウクライナ人向けにボランティアが毛布や食べ物を配っていた。ウィーン駅に戻ると、駅員がお茶とクッキーを配っていて、国際カリタス（国際NGO）のスタッフが住む場所を提供していた。ウクライナ人はヨーロッパのすべての電車が無料となることにも感動した。

今回の戦争で、私はウクライナの西と東の国境への思いをあらためて見直すことになった。しかし、昔とは違い、比較的自由に行き来できた東の国境は危険をもたらすものになり、その反対に西の国境は自由への扉になった。

戦争を歴史のなかに位置づける

最近、「今回の戦争」をウクライナの歴史のなかにどう位置づけるべきか、と聞かれることがあった。興味深い質問で、いくつか大事なポイントがある。まずウクライナ人の自意識、そして「語り手」としてのウクライナ人に対して、戦争が及ぼした影響について考える必要がある。また戦争が始まってからの一年間ではなく、これまでの歴史、つまり五〇〇年、一〇〇〇年のスパンで見る必要もあるだろう。

スラヴ圏で最初に生まれた国はキーウ公国で、九世紀から十三世紀まで存在していた。モスクワ大公国ができたのは、それより遅くて十三世紀のことである。ウクライナ人はキーウにとどまり続けて、どこにも逃げなかった。けれども今、ロシアはキーウを奪おうとしている。ロシアからすれば、キーウ公国の歴史がなければ自分たちの歴史を十三世紀から始めることになる。歴史が短くなって存在感が薄くなるのが許せないのだ。しかしキーウの側からすれば、一度外に出て行った「息子」が、今度は「親」を暴力的に攻めてくるのも許せないことだ。

十六世紀から十八世紀にかけて、ウクライナのコサックが隣国のトルコやポーランドと戦い、また交渉しながら、自分の国のために道を切り拓こうとした。相手を選ぶ上では宗教も大事な役割を果たしていた。だが、同じ正教会だから最も理解があると思い、一六五四年にロシア帝国と条約を結んだことで植民地にされた歴史もある。ウクライナでは、その時代を「植民地時代」と呼ぶことに不安を覚える歴史家が何世代にもわたって存在した。しかし、私はきちんと名前をつける必要があると考えている。史実を見直すことが精神的な自由にもつながるからだ。

自由な気風にあふれたウクライナの農民は、ロシア帝国の書類がないという理由で農地を取りあげられて、農奴にされた。そのような状況は一八六一年まで続き、文化的にも大きな圧力がかけられた。領土的にも精神的にも、また抱いている希望や夢も全然小さくなかったのに、ウクライナは「小ロシア（マロロシア）」と勝手に名付けられた。抑圧された農民が話すウクライナ語も厳しい状況に直面した。ウクライナ語での印刷物、特に教育や宗教に関する図書の出版が禁止されたのは、一八六三年に制定されたワルーエフ法によるものだ。以後は外国で出版されるようになったが、一八七六年のエムズ法で、外国で出版されたウクライナ語の印刷物をロシア帝国に持ち込むことや、ウクライナ語への翻訳、戯曲や楽譜、そしてそれを使用した公演なども禁止された。

ウクライナ語での教育も禁止された。その法律は一九一七年のロシア革命までずっと続くことになる。植民地の言葉を使ってはいけないという、どこの帝国でもあった共通の事態である。ウクライナの領土の地図も、十九世紀までは他国の人たちが作っていて、ウクライナ人が自分たちについて語ることも少なかった。名前や地名ももちろんロシア語になった。つまり、ウクライナは「語り手」ではなかったのだ。

「受け手」から「語り手」へ

先ほども触れたように、ロシア革命の翌年、一九一八年一月にウクライナに独立国家が初めて成立した。しかし二年も経たないうちにボリシェヴィキに抑えこまれて、ウクライナはソ連の一部になった。自分の国を保つことができずに負けた側になったのである。その当時の政治家はほぼ国外に逃れ、自分が何を間違ったのかと日記に書いたりしながら、反ソ活動に関わった。一つの大きな結論としては、個々には力があっても、統一感が不足していたためだった。

それから七〇年間、ソ連という枠のなかで文化的な活動を許されたが、政治的な活動は許されず、それでも活動する積極的な人はほぼ取り締まられて、命も奪われた。外国にいるウクライナ人ディアスポラはネットワークを作って戦ったが、ソ連という巨大な存在に勝つことはできなかった。負けた側は歴史の教科書を書くことができないので、その物語はほとんど知られないままである。ウクライナ人は負け続けてきたが、外国に出れば自分たちの伝統や言葉、生活習慣、文化などを密かに保って、代々伝えてきた。

一九九一年のソ連崩壊に伴って平和的に分離独立できたとき、ウクライナ人は皆とても喜んだ。ロシア帝国やソ連の一部だった時代には、独立のために支払ってきた「対価」を見直してこなかった。生活を成り立たせるのに必死だったのだ。そこから三〇年間の自由な生活があり、経済も含めいろいろな問題を抱えながらも自分の道を大事にしてきた。

今回の侵攻では、特に二〇二二年二月と三月に起きたブチャやイルピンでの虐殺、また占領された地域が解放されて明らかになった一般市民に対する悪行が、今まで眠っていた三五〇年以上にわたる怒りを呼び覚ました。自分と家族の命を奪われる不安のなかに生きてきたウクライナ人は、もはや受け手にはとどまらず、語り手になった。ロシアの侵攻に抗議する感情から現れた文学や美術、音楽、またジャーナリストの記事の数を見るだけでわかるだろう。

ウクライナは、これまでは他人が書いた劇のなかで脇役にすぎず、主人公にはなれなかった。しかし今回、負けた側で歴史を書く立場になかった登場人物が、急に主役になったような気がする。そして、ある種の心のなかの不安と、それを語ることに対する違和感と自己抑制がなくなった。自分の存在をきちんと見直して話せるようになった。

その結果、これまではロシアのものと思われた歴史や芸術作品などを取り戻す作業も進んでいる。ウクライナは注目を浴びているので、国際社会も無視できない。その結果、ニューヨークの美術館にコサックの絵が展示されている画家イリヤ・レーピン、マリウポリ出身の風景画家アルヒープ・クインジがウクライナ人として再認識された。長い間、他国のものと思われていたものが、やっと故郷に戻ることができた。

今回の侵攻をきっかけに、ウクライナはこれまでの五〇〇年、一〇〇〇年を見直し、歴史を書くことができなかった負けた側から、自己を取り戻して自分の歴史も含めて自らを語る語り手へと変わりつつある。

心のなかの故郷

私の故郷から一番近いのは、ベラルーシとの国境だ。距離で言うと一五〇キロメートルしかない。東京の感覚で考えたら都内から伊豆諸島の利島ぐらいだ。利島から攻められたら、東京の皆さんはどうするだろうか。

私の家族は四世代さかのぼってもキーウに住んでいたが、その前は十六世紀からロシア革命前まで、ベラルーシに面しているチェルニヒウ州で農業を営む人が多かった。そこにはまだ家が残っていて、私も子どもの頃から毎年夏に訪れ、平和で幸せな時間を過ごしていた。戦争が始まる直前の二〇二二年一月、万が一の際にどこに避難するかを検討したときに、この地は一晩で侵攻されるので無理だとわかった。幸いなことに占領はされなかったが、ミサイル攻撃が続いたので、隣の一家はしばらく地下室で生活していたようだ。春に電話で話したら、「秋にはどうなるかわからないから、万が一のためにジャガイモでも植えましょうか」と言ってくれて、お任せした。私は夏も秋もそこに帰ることはできなかったが、その一家のもとには南部のヘルソンから親戚が避難してきたので、八月末に収穫できたジャガイモが役に立ったらしい。

これまでいろいろな国で仕事をしてきた私は、外国に住むことには慣れている。しかし今回の経験は全く違う。家に戻れないという現実は、自由な選択によるものではないからだ。長年積み重ねてきた人生のなかで、家か命かという選択が来たときには、どうしても後者のほうを選ぶ。

それにしても、戦争がここまで長引くとは思わなかった。「ウクライナと日本」の節で書いたように、二〇二二年は日本とウクライナとの外交関係樹立三〇周年の記念年で、二月二十四日は日本の元外交官の先生によるオンライン講義を予定していた。電話で中止の旨をお伝えした際に、

「これは長引くかもしれない」と言われたことが忘れられない。私が子どもの頃に通った学校の隣のマンションにミサイルが撃ち込まれた映像が飛び込んできて、信じたくなかったけれどもこれが現実なのだと思った。

それから一年以上が過ぎた。私の周囲にも、軍隊に参加した同僚や教え子がいるし、外国に避難した知人や友人もいる。命を落とした優れた研究者やビジネスマン、専門家の数を考えると、怒りが収まらないし涙が止まらない。子どもや高齢者が受けている苦労や、家族が離れ離れになって、故郷とＳＮＳでつながりを保ちながら頑張っている人を考えると、とても悲しくなる。

ウクライナ人はロシア人とは違うアイデンティティーを持ち、違う民族であると言えるからこそ苦しめられている。ロシアは自分のところに何でもあるのに、それに飽き足らず、勤勉な人たちのいる隣国の豊かな領土が欲しいという感覚を許せない。

私はいま、福沢諭吉が唱えた「脱亜論」を思い出している。必ずしも文脈は同じではないが、長い間頼ってきた、隣にいる大きな存在に対して、この一年間でウクライナ人は急激に「脱露論」を考えるようになり、精神的に「あの帝国」と離れた。そしてしっかりと自分の国境を確かめて、自分の故郷を誰にも渡さないと決めた。それは明らかである。ウクライナの人にとって今回の戦争は、自分の存在が消えるか生き残るか、という大事な正念場なのである。最近、日本では「そろそろ戦いをやめて、平和的な交渉を進めたらいいのではないか」という声も上がっているが、それは無理だろう。故郷を攻撃されつづけているのだから。

このような状況に置かれて、日本の「平和」と「戦争」に対する姿勢についてもいろいろ考えさせられた。日本国憲法では、国際紛争の解決手段として戦争の放棄を謳（うた）っているが、今回のウクライナのように侵略された場合にどうするのか、議論されてもいいのではないか。自分や家族、友人たちを守らなかったら存在しなくなるという場合にどうするのか。隣国からのミサイル攻撃が三六五日続く生活を想像してみてほしい。もし想像できないなら、ウクライナのミサイル攻撃アラームのアプリをダウンロードして、試しに一回ベッドのそばに置いていただきたい。平和があたりまえの日本にいても、きっと二日で寝られなくなるだろう。今も戦い続けるウクライナ人のモチベーションを理解できるだろう。

最近、日本では「ウクライナはかわいそう」という言い方をされることがある。それを聞くと複雑な気持ちになる。大変な状況に置かれているのは確かだが、自分たちのことを「かわいそう」だと思っていては被害者意識が強くなるだけで、何も成長がない。ウクライナの人々は自分の故郷を、そして尊厳を守るために懸命に戦い、今回のトラウマを成長の糧に変えようとしている。その姿を見てかわいそうと思わずに、応援しつづけてほしい。

Photo/ Valentyn Kuzan

オリガ・ホメンコ

（Olga Khomenko／Ольга Хоменко）

オックスフォード大学日本研究所英国科学アカデミーフェロー．ウクライナ・キーウに生まれる．キーウ国立大学文学部卒業．東京大学大学院地域文化研究科で博士号取得．ハーバード大学ウクライナ研究所客員研究員，キーウ経済大学助教授，キーウ・モヒラ・アカデミー助教授，キーウ・モヒラ・ビジネススクール准教授などを経て現職．歴史研究者，作家，コーディネーターやコンサルタントとして活動中．
日本語の著書に『現代ウクライナ短編集』（共編訳，群像社，2005年11月），『ウクライナから愛をこめて』（群像社，2014年1月），『国境を超えたウクライナ人』（群像社，2022年2月）などがある．

キーウの遠い空
——戦争の中のウクライナ人

2023年7月25日　初版発行

著　者　オリガ・ホメンコ

発行者　安部順一

発行所　中央公論新社

〒100-8152　東京都千代田区大手町 1-7-1
電話　販売 03-5299-1730　編集 03-5299-1740
URL https://www.chuko.co.jp/

印　刷　図書印刷
製　本　大口製本印刷

Published by CHUOKORON-SHINSHA, INC.
Printed in Japan　ISBN978-4-12-005675-8　C0036